# 書店有時

／社會變遷而萬物皆有定時，冀洪水滔滔中紀念書店爲人們帶來的美好。／

周家盈——著

## 推薦序

### 書店，作為「公民的宮殿」

當我在二〇〇四年開始經營樓上書店「阿麥書房」時，那是一個這樣的年代：

- 店內最暢銷的書，大概每月的銷售量是十五本；
- 社交媒體尚未普及，新書資訊發放只能用電郵及網頁；
- 樓上書店多以折扣作招徠，只有鬥平，很少提到要支持書店經營；
- 書店之間視大家為競爭對手，很少交流，也會避嫌，很少互相拜訪；
- 大部分書店只著重賣書，打開門都是高高的書櫃及窄窄的通道。

來到二〇二一年的書店年代，上樓書店暢銷書可以用4個位數字來記錄，社交媒體書店專頁可以有過萬關注，書店消費也是一種價值表態，書店之間可以互換店長，書店長期舉辦各種藝文體育活動……

我的店沒有留守到今天，我會在想，如果今天仍在的話，「阿麥書房」會賣甚麼書，又會代表甚麼樣的價值。

＊＊＊

家盈從《書店日常》、《書店現場》走來，不只是記錄書店的當代風景，也是在書寫這個城市的書店史——每當書店結業，一輪懷緬打卡潮之後，又會有一波漏夜趕科場的跑出來說：我要辦書店。以前戲言，說想陷害別人的就叫他開書店，到底是甚麼樣的土壤，持續提供養分讓一代又一代的書店人，前仆後繼進場，拋頭腦（選書的困惑）灑熱汗（搬書的勞動）地把重甸甸的實體書搬上搬落，爲了賺那個最低工資也不保的微薄利潤？

《書店有時》這一冊跟許多書店店主訪談了，透過他們的故事，你或會感受到，在壞時代開書店其實是一種召喚。店主在「又」是最壞的時代回應召喚，這就是「有時」；家盈以文字出版記錄當下書店圖騰，更是「有時」。

引述 Eric Klinenberg 的 *Palaces for the People: How Social Infrastructure Can Help Fight Inequality, Polarization, and the Decline of Civic Life*（剛出版中文譯本：《沒有人是一座孤島：運用「社會性基礎設施」扭轉公民社會的失溫與淡漠》），他說自己書名借用了 Andrew Carnegie 百多年前資助英美建造超過 2,800 座圖書館後，曾稱之爲「人民的宮殿」（Palaces for the People）。我看到《書店有時》內的每一個書店非書店的故事，就是一個沒有慈善家、沒有宮殿主人、沒有大水喉、沒有大台、沒有連鎖經營策略……的一個「由下而下」的書店閱讀年代。由下而下，因爲我們不需要由當權的人告訴我們閱讀甚麼，而是由書店的人一書一磚地建立起來，讓人民自由選擇閱讀的（去中央化）宮殿網絡，透過閱讀成爲公民。沒有人是一座孤島，現在我看來，沒有獨立書店是獨立的，每間書店的選書及空間營造，加起來就是在建構整個城市的閱讀宮殿網絡，成爲了公民社會的基礎設施；而建立公民社會所需要的稅，就由我們從書店買書開始繳付好了。

《書店有時》，就是見證這些「公民的宮殿」（Palace for the Citizens）的時間囊；在公民社會建立之時，你便會知道，這個年代的書店如何參與建成。

**莊國棟**

閱讀推廣組織 Rolling Books 創辦人、前阿麥書房店主

# 推薦序

## 萬物有定時——記錄書店，也側寫時代變化

《書店有時》這個書名，令我想起《傳道書》。

開店有時，結業有時。

社運和疫情這兩年間，書店開業和結業數量之多，都是史無前例吧。是誰在這奇異時刻接過火棒？

書店有時，空間有時。

在網路一鍵能買天下書的今天，開書店的有種人，一定想得更多，結果成爲書店訪談系列第三本書的主角。你可以稱之爲書店，但或者以「書間」來命名會更傳神。這時代書店不只有書，更是空間；店長不只領人游進書海，更領人共創新天地。有時聊天、有時靜思；有時社會服務、有時文化藝術；有時異國、有時本土，總之各自有各自的日常，實現出各自的現場。在社運和疫情之時，感激書店爲我們留下呼吸和重整的空間。有空間，就能再思人生和社會如何走下去。

賣書有時，不能賣書有時。

這無可奈何的現實，《書店有時》中記錄的書店都要面對。假若不能賣書的日子眞的到來，會否就是「借閱有時」的開始？文中記錄了幾個借閱書本的空間，或許家盈早我們一步看破了無常，著意多寫幾個故事給衆人參

考；就算「借閱有時」，甚至情況壞到「傳閱有時」，我們也可以少一點惶恐失措。

時代穩定有時，時代巨變有時。

既然世界變了，書店自然也不再一樣。讀過《書店日常》和《書店現場》的朋友，當然不能錯過《書店有時》；即使第一次接觸書店訪談系列的讀者，《書店有時》記錄書店的同時，也側寫出時代之變化和可能，絕對值得一讀。

龐一鳴

一拳書館店主

# 自序

## 致二〇二一年還在關心香港獨立書店與出版的您

最初寫書店，我的想法很簡單，因爲主流媒體往往只在獨立書店結業時憑弔哀悼，記下店裡外種種故事的文章並不多，更遑論出版成爲紙本書。

宛如一顆石子投進湖裡，或泛起漣漪，或激起千層浪。以微小的力量想要改變世界，就從先踏出一步開始。我做了一件事情，寫了一些東西，然後的確慢慢有人回應，有人愈做愈多。

到了去年二〇二〇年，香港經歷雨傘運動、反修例等社會運動，以及肺炎疫情肆虐，沒想到，獨立書店竟愈開愈多。

我在想，書店作爲一門生意，有它獨特之處。書店的出現、社群建立、經營盛衰，某程度上見證了社會上的變遷。

像《聖經》〈傳道書〉裡所說，天下萬物皆有定時，我希望能在流水潺潺、洪水滔滔中抓住一、兩顆石頭，藉此紀念書店爲人們帶來的美好。

而書本、故事和人，是構成一個閱讀空間的重要元素，也是這本書寫作的核心。其實過往的經驗中，是很難從一小時的訪談裡深入地認識一個人、一家店的運作與理念。可是某些重要的想法，巧合地會從不同訪談中被重複提起。

比方說，新開業的書店主理人，聊到經營方針時不約而同說會定期採購新書，才吸引到讀者來；也希望在艱難的時刻裡，讓沒有閱讀習慣的人也開始推開書店大門，慢慢思考自己之於社會運作的意義。

我也發現，自己最喜歡、最有共鳴的閱讀訪談，大多是受訪者有一顆改變世界的心。

也許有很多人對香港未來發展已經不存希望，也許有很多人質疑爲甚麼還會有獨立書店開業，爲甚麼還要寫，然而——

我眞的很愛香港這個地方，希望能夠一直在這裡看著書店風景到老。

周家盈

# 目錄 Contents

## Preface



## Chapter I

書店之內，我們持續閱讀……

／恍如行旅，遇上這書店／
- 瀞書窩 Still Book Nest
- 見山書店 Mount Zero Books
- 都市空間 Urban Space
- 蜂鳥書屋 Humming Books

／拾級而上，去逛這書店／
- 一拳書館 Book Punch
- 夕拾 ×閒社 Mellow Out
- 閱讀時代 Hong Kong Book Era
- 貳叁書房 jisaam books
- Bleak House Books 清明堂

／視覺盛宴，飽覽這書店／
- 紙本分格 zbfghk
- 大業藝術書店 Tai Yip Art Bookshop

／親子時光，共讀這書店／
- 德慧文化 Life Reading 繪本館
- 童書館 My Storybook

Chapter I

# 書店之內，我們持續閱讀……

在網絡時代，
讀者想要買一本書，
為甚麼還要前往實體書店？

書店的存在，
在社會扮演著甚麼角色？

香港地寸金尺土，
獨立書店如何維持經營？

# 瀞書窩 Still Book Nest

## 心境歸零、靜聽海聲——就在水邊安靜的地方開一家書店

// 書窩是一個人與書交心的地方，人與人交流的空間，靈魂與靈魂相遇的場所。//



### 質樸美好，感受不能言語

關於「瀞書窩」（Still Book Nest），有太多想寫，卻又無從入手。

短短半天的避世體驗，還有和創辦人蔡刀的一席對話，感受深層豐富。想落筆書寫，卻又怕寫不稱職，無法傳神表達瀞書窩的質樸美好、蔡刀話裡的智慧。

數年前到台灣苗栗當說書志工，當地人經常跟我說：「你要讓心境歸零。」

知易行難，我的腦袋往往塞滿連串想法，這一秒永遠在想下一秒的事。

我不會老掉牙的說來到瀞書窩，立刻翻轉人生、態度 180 度大改變，可是這半天實在讓我重新調整呼吸，也檢視最初在二〇一三年開始寫香港書店故事的初衷——在時代急遽改變之中，紀錄書店爲人們帶來的美好。

瀞書窩位於離島大嶼山梅窩，從市區乘渡輪或新大嶼山巴士路線到達碼頭後，還得沿著海岸和沙灘走個十到十五分鐘。邊邁步前往書店，邊安靜心境，頗有尋幽探祕之感。

創辦人蔡刀將書店取名「瀞書窩」，寓意在水邊安靜的地方，開一家書店，在梅窩。而瀞是純淨的意思，一個只有書的地方，可以窩半天。

蔡刀希望瀞書窩是一個人與書交心的地方，人與人交流的空間，靈魂與靈魂相遇的場所。

## 踏足其中，進入另一個光景

推門而入，沿小石梯拾級而下，我不得不驚嘆一聲：「嘩！太美了吧。」當下以爲自己在外地旅遊。

有開放式的休憩空間，寬闊的長方形軟墊是歡迎客人隨意坐的大沙發，中間有白色牆壁和落地玻璃小房子，是沏茶、喝咖啡和聊天的好地方；右邊與榕樹連成一線的花草盆栽，左邊有一條通往室內書店的走廊，兩旁都放著木桌椅。

1 ／ Still Book Nest 是瀞書窩的英文名字。

2 ／半露天的開放式休憩空間，有長方形軟墊讓來訪者坐下來休息。

3 ／通往室內書店的走廊。

「這裡有六個空間，你找到嗎？」蔡刀先賣關子。

原來我們剛走過的石級是「知止梯」。

「是甚麼意思呢？」我問蔡刀。

「知道甚麼時候停止。」他說。

多漂亮的名字，勞動有時，休息也有時。

走廊是「定廊」；書店是「靜廳」；洗手間是「安室」；泡茶和喝咖啡的小房子是「慮堂」，外邊半露天空間是「得……」，他說這個還沒有取好名字，現在正等待客人朋友的創作。

## 讀一本書，看見世界與自己

根據蔡刀介紹，瀞書窩的書分兩類：一是「看見更真實的世界」，二是「看見更真實的自己」。

用他的說法：「進可攻」，是安身立命，找到自己的天命，去改善世界；「退可守」，即使改變不了世界，也不會被世界改變自己。

怎樣從書架分類中呈現這兩種想法呢？

現時書店內大概有一千五百到二千本書，共二十二個主題，包括「Wabi Sabi 侘寂」、「感恩咖啡」、「愛上走路／遊牧」、「一個人去旅行」、「我是誰？善待自己」；也有按作者分類如「莊子」、「村上春樹與東野圭吾」、「蒙田」、「周國平」等等。

我不敢貿言斷定哪個分類帶有看見世界或自己的意味，無論如何，光看名稱已經非常吸引。蔡刀說，主題也一直在加，例如「聆聽」、「移民」是最近增加的，以回應社會狀況。

在這裡，書本是主角。

「如果可以，不辦活動；否則，少辦活動。要辦活動，希望能跟書直接有關係。」

一個完全屬於讀者的空間，安靜、不帶議程、沒有時間觀念的空間，最好來的人忘記何時何分。

4 | 5
6

4／蔡刀以「知止、定、靜、安、慮、得」作主題劃分空間。

5／泡茶和喝咖啡的小房子是「慮堂」。

6／「靜廳」是閱讀空間，書籍主要分為兩大類：「看見更真實的世界」及「看見更真實的自己」；主題包括「Wabi Sabi 侘寂」、「感恩咖啡」、「愛上走路／遊牧」、「一個人去旅行」、「我是誰？善待自己」等。在這裡，讀者不能拍照和說話，只專心閱讀。

## 走在路上，決定開一家書店

蔡刀喜歡閱讀，喜歡走路中思考。他試過從觀塘走到中環（途中乘船），五十二公里的路，當天他走了八萬步。有一次，他在台南訪問「草祭書店」，請主理人蔡漢忠推薦一本書，對方就說：「其實年輕人叫我推薦書，我都說不用推薦了，你出去走路吧，走路時你就會知道自己想看甚麼書。」

那時候是二〇一五年，二〇二〇年蔡刀籌備開書店的時候，他突然想起了這句話，大吃一驚。

「我正正是走路的時候決定開書店。」

二〇二〇年初，蔡刀做了一個「十年計劃」。所謂「十年計劃」，就是先構想十年後自己希望達到甚麼目標，再逆向反思，從現在開始該採取甚麼行動？當時他在酒店裡閉關工作一星期，在一個房間裡的長桌子打開風琴式手帳，寫下一項又一項想要完成的事情，其中一項，就是開書店。

二至三月，蔡刀做了一個網上平台賣書。到了六月份的某一天，疫情中「宅」家太久了，他說：「感到了河正宇的《走路的人》的呼召，享受走路的美好。走到觀塘工業區，四下無人，長街空蕩。腦筋清晰，並聽到自己內心的聲音。」

大約走到兩到三萬步的時候，蔡刀腦海中有個領悟：「是時候開一家書店。」

在蔡刀人生最低谷時，全賴書店的空間、主人推薦的書、書中的文字，拯救他於水深火熱。於是，他也希望自己在這個大時代，能以一己之力，開一家書店，打造一個安靜的空間，給前來的人推薦好書幾本，療癒人心。

至於蔡刀遇到的苦難是甚麼？哪本書中哪句話救了他？就留待有興趣的讀者到訪瀞書窩時當面問他吧！

書店在十年計劃之中，只是看何時何日成眞。對蔡刀來說，二〇二〇年是（開書店）最壞的年代，也

7 | 8
9 | 10

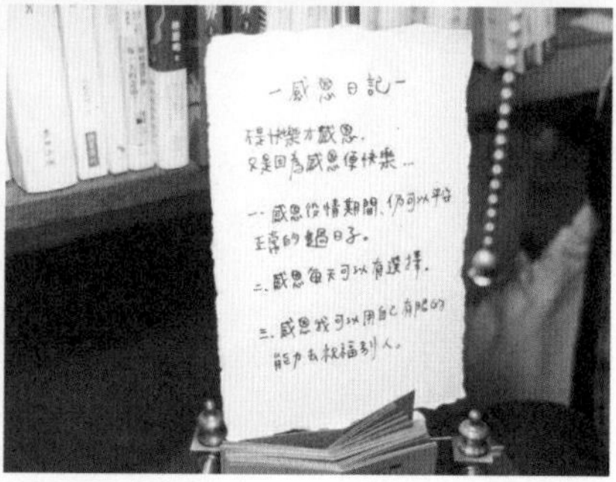


7／「走路」主題書區。蔡刀說，走路讓人思考，他自己就是在走路的時候，腦海中有個領悟：「是時候開一家書店。」

8、9／「感恩咖啡」書架及推介選書。

10／蔡刀每日都會記下三件值得感恩的事情。

是最好的年代。大環境是呼召，人心缺了某種東西，而書和書店可以塡滿這個空隙。

## 環島台灣，美好的跑書店體驗

蔡刀曾經環島台灣，走訪民宿、書店、咖啡館，並將感受經歷結集成書，也寫香港美食，爲台灣觀光局月刊寫文章。他在二〇一四年跑了台灣三十三間書店，這次我的來訪，給他一個大概的訪綱之後，他就說：「我當下想起的，並不是自己的書店，而是跑書店的時光。」

二〇一四年，蔡刀住宜蘭「蛙塘」民宿，後來在老闆娘的介紹下去了台北的「註書店」，遇見很多書店業界人士，留宿時碰上台北書展，故事一個接一個發生。

「跑書店的時光，由聽台灣書店主人講故事開始，帶我去看社區、看書店。屈指一算，我在台灣書店中睡覺過夜的，竟然超過七家！我自己也不太相信。」

「那些與貓同眠的時光；睡在書櫃之間，晚上夢見書本互相對話，聽作者爭吵；在書店旁搭一間樹屋，升起營火……」等畫面，還留在他的腦海中。蔡刀說，他曾與民宿主人在墾丁一個鳥不生蛋的地方，花了四天三夜一起搭建了一間樹屋來。

大概是受到台灣熱情款待的文化所感染，濃厚在地特色的書店體驗，形塑了滯書窩現在的模樣。

「其實我跑民宿與台灣書店，最大的得著是對空間的要求，這一點我也沒想到。」

蔡刀認爲一家書店內，空間是僅次於書的重要一環，他將台灣看到的書店特色融合在滯書窩裡。所以，你所看到的滯書窩，是書店，也像家，像海邊一角的民宿，像有情調的異國餐廳，像隱世中的桃源。

## 渴望事成，奇妙的吸引力法則

「靜廳」是擺放書籍的閱讀空間，裡面有幾扇像禪院裡的窗戶和推拉門，暗黃燈光與柔和音樂，令人

11、12／初次見面訪談時，蔡刀為我預備了涼飲，也給我泡茶，很有台灣人好客之道。

13／瀞書窩的小卡片。

心神平靜。

書店開業之後，蔡刀的哥哥聯絡他說，已過世的爸爸以前畫了兩幅畫，要不要拿到店裡？蔡刀說，好啊。那是五十年前的畫了，沒想到，畫中的窗門跟靜廳內的設計幾乎一樣，而且畫面有幾個人在海邊舉杯聊天，這不正正就是瀞書窩這麼一個光景——在水邊安靜的地方，開一家書店讓人交流嗎！

「原來爸爸在五十年前已經嚮往這樣的簡單生活，跟我想要的相近。」

也許「吸引力法則」是眞的。話說蔡刀曾經想動手造兩個書架，正苦惱炎炎夏日如何搬一堆木頭進書窩，有一天在附近的垃圾站，便居然發現了一堆老木頭正好合用！他又曾經在傢俬店看中某一款書架，而後來居然又同樣地就在附近的垃圾站發現了同一款書架！另一個奇妙的經歷是，靜廳內現有那兩張沙發椅子，是蔡刀在傢俬店心儀已久的，他來回三遍心裡決定要買，豈料此時便有朋友突然傳電郵來說，她要搬家，有兩張椅子不需要了，她知道蔡刀在籌備開書店，就問他要不要。

眞的猶如《牧羊少年奇幻之旅》的金句：「當你眞心渴望某件事時，全宇宙都會聯合起來幫助你。」

## 隨緣相遇，教我明白了一些事

經營書店，自然會遇上各種各樣的人。

「這裡是救了我一命吧！本來的工作，我獨自一人在做，很容易陷入死胡同，但在這裡我可以接觸不同的人。」

比如說，有朋友送來一幅漂亮的藍染紮布，蔡刀想了良久卻不知道該放哪裡，甚至連打開繩結都覺得有心理障礙。然後，有一對認識的夫婦來訪，他們花了大概五分鐘，就在半露天空間的頂部掛起這布幕。

「我不會寫一個感謝清單，這樣太老套，不過這裡不只是我一個人開的書店，而是有許多人參與其中。」

14／靜廳內的格局有寧神安心之用，踏進去人便變得平靜起來。

15／像禪院的窗戶。

16／別具特色的手工藝品。

17／經營書店，讓蔡刀遇上各種各樣的人。話說有朋友給蔡刀送了一幅漂亮的藍染紮布，但他想了很久也想不到該放在哪裡，然後有一對認識的夫婦來訪，他們只花了大概五分鐘，就在這半露天空間的頂部掛起了布幕，美觀又實用。

I BUY BOOKS

STILL BOOK

THERE ARE FAR BETTER THINGS AHEAD THAN ANY WE LEAVE BEHIND

14
15 | 16
17

又試過有一次，有一家三口來，包括一個三歲的小妹妹阿菓。她不小心打破了花盆，說要幫忙打掃。蔡刀以爲她是小孩隨口說說算，怎料她很認眞在做，掃地、用抹布擦地板……沒半點因爲年紀小而苟且了事。

送他們離開時候，蔡刀在海邊跟小妹妹阿菓說：「謝謝你幫忙清潔。」阿菓說：「海浪聲很大，聽不到。」走了一會，蔡刀再說一次感謝，她說：「不用客氣。」

蔡刀對這只有三歲的小孩會說這番話有點驚奇。他最後再說謝謝，然後阿菓深呼吸了一口氣說：「我幫你，因爲覺得你辛苦。」

蔡刀頓時怔忡，他回到瀞書窩裡，想起一行禪師在《怎麼吵》中講的話語：「我覺得你辛苦；我也很辛苦，我需要你幫忙。」小女孩竟然已經做到兩樣。

也許書和書店的神奇之處便是這樣——有時當下不以爲然的，在某個時間點就會以某種方式觸動你內心柔軟的一塊。

## 一人限定，預約在午後的閱讀時光

蔡刀說：「其實我不期望客人會很喜歡或熟悉書，甚至買不買書也好，這個空間沒甚麼活動，書就是主角。而在下午十二點十五分到兩點十五分的時間，我每次只開放給一個人預約，這是參考台灣一個民宿老闆的想法，他說夢想是開一間一個人的咖啡店，只有一個位。」

我倒吸了一口氣。

「其實在香港做書店應該挺困難吧？」

「那麼立此存照，愈困難的事我愈喜歡做。」

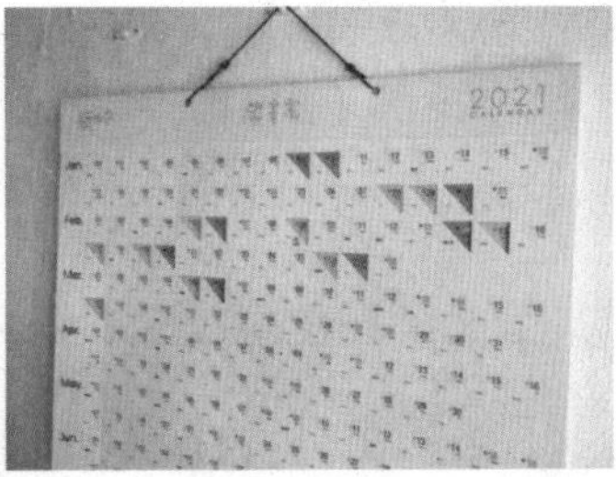


18 | 19

18／一行禪師在《怎麼吵》裡寫下的話語，令蔡刀深受啓發。

19／在每個營業日子，蔡刀會撕下月曆上當天的一角。

## INFO

### 滯書窩
### Still Book Nest

| | |
|---|---|
| 地址 | 離島大嶼山梅窩（梅窩碼頭步行約 15~20 分鐘）<br>〔只招待會員，須預約到訪：book@stillbooknest.com，成功預約後會有專人傳送書店所在位置地圖。〕 |
| 營業時間 | 逢星期五、六 12:15~20:15 |
| fb | stillbooknest |
| web | stillbooknest.com |
| 開業 | 2020 年 10 月 |

# 見山書店 Mount Zero Books

## 在 PoHo 街區的獨立複式小書屋——發現見山之美

// 希望透過書店帶給大家回歸初心的醒悟，就像看見了山水的美，純粹去感受欣賞，沒有私心。//



### 恍如走進歐洲巷弄中

我得先從「見山書店」（Mount Zero Books）所在的上環太平山街說起。

從太平山街延伸的小社區（PoHo），包括普慶坊、磅巷、西街及四方街一帶，那裡有很多文化工作室、畫廊、獨立設計品牌與選物店、咖啡廳、古著服裝及花店等，每一間小店的裝潢格調，都別具文藝質感。

這幾條巷子組成的街區，就像三藩市又長又陡的斜坡道路，蓋在陡坡上的樓宇沒有高聳入雲，順著山坡沿梯級而上的街道，抬頭還可以看見大片不被切割的天空。

「香港有三個社區我很喜歡——太平山街、銅鑼灣大坑、灣仔星街。」這三個地方都是個性小店的聚集地，而見山書店的創辦人 Sharon 覺得太平山街的樓房低矮，置身其中，就像在歐洲小街閒逛般慵懶舒適。她恰巧遇到書店現址這個單位，便決定在這裡開設一家心目中的書店。

我曾在巴黎留學一段日子，記得當時學校附近的巷弄裡有一家不起眼的水泥小房子，穿過剝落油漆的圓拱門，是一家暗黃燈光的二手藝術書店。書店本身沒甚麼特別，可是我很喜歡中午下課後買杯咖啡拿本雜誌，到天台的小桌椅區休閒。

在那裡抬起頭，我可以看見廣闊無垠、沒有任何高樓大廈割開湛藍天空，俯瞰低矮古老、尖頭圓拱的磚瓦樓房，從巴黎中心圈往外延伸。

有很多人說，見山書店這兩層高的白色小洋樓，外觀跟歐洲的巷弄書店類似。也許書店也帶有一種氣質，如果將之擬人，這家書店應該是個穿著素白棉質衣服、架起黑框眼鏡，是一個知性熱血而彬彬有禮的知識分子。

## 見山的意義

店前掛著一個小木牌，以書法寫下「見山」二字，外面放幾把桌椅、雜誌架，門和窗框都是黑色的。

店名取自《指月錄》裡一句：

「見山是山，見水是水；見山不是山，見水不是水；見山仍是山，見水仍是水。」

所指的是參禪三種境界。店主 Sharon 希望透過書店帶給大家回歸初心的醒悟，就像看見了山水的美，純粹去感受欣賞，沒有私心。

1

1／「見山」二字，取自《指月錄》裡一句：「見山是山，見水是水；見山不是山，見水不是水；見山仍是山，見水仍是水。」

## 願望成為小巧別緻的老書店

二〇一八年五月，見山書店剛開業時，書店像個初出紅塵的少女，清新脫俗，店面和內裡的陳列也簡單整潔。

到了現在，店內陳列已改變很大，就像自己家一樣添置了許多新東西，無論是書本雜誌、文創商品或裝飾品用具等，現在這裡更像是一個社區內照顧其他人的大姐姐，也更有「家」的感覺。

店子的面積不大，而不放書的空間，有櫥櫃、冰箱、洗手盆、焗爐、音響等，二樓還有設置熱水爐的洗手間，都是爲了方便店長和客人而設。

樓上的設計很別緻——兩排長形窗戶前面放了幾張像學校教室裡的木椅子，往外望可以看到老榕樹的氣根和翠綠的葉子與樓下經過的人。黑色窗框、釉木和胡桃木書櫃也是訂製的，裝修重視實用性。

「因爲我想這裡能夠變成一間老書店，持續多年經營下去。」Sharon 說。

## 「一日店長」的日常

比較特別的是，見山書店有「一日店長」的安排，現約有八位會固定輪流來顧店的店長，所以每次你來到，都可能會碰到不同的店長正在當值。

「其實我自己很怕羞，不太會面對人。理性來分析，如果請全職員工，應該沒辦法很有熱情去做這件事。也應該百花齊放，有多重觀點，店長們給我很多驚喜，你不知道原來某個人有這麼一面。」Sharon 這麼說。

店長的角色主要是前線，直接面向顧客，處理書店每天大小事情。這次跟我對話的是 Ellen，她在書店工作已大概一年。

Ellen 本來跟 Sharon 並不認識，她在社交媒體上看到見山書店開張，後來看到有朋友說在這裡當過一天店長，「我覺得這裡很漂亮，自己也曾經在太平山街開店，覺得這條街很富人文氣息。後來跟朋友打羽毛球時結識了 Sharon。我原本是個很被動的人，但不

2 3 4

2／在 PoHo 街區一隅的獨立複式小書屋。

3／書店二樓，窗前有四張教室用的木椅子，小巧的書室氛圍。Ellen 說多是熟客上去二樓，他們很多都喜歡坐在窗戶前面安靜地閱讀或思考。

4／通往複式書店二樓的木造樓梯。

知道爲甚麼在這件事情上我很主動。我問朋友拿了她的聯絡方式，跟她說想試試當一天店長。她答應了，我很高興。」

「第一天來當店長，心情非常緊張，因爲如何工作，沒有流程寫出來，我也不完全熟悉店裡在賣甚麼書。書店不大，但還有賣精品、飲料，要沖咖啡和泡茶，有一點點擔心自己應付不來。幸好這裡不用操作電腦系統，客人買書付現金，寫好記帳簿便完成。下班前結算好當天的收入、點算好現金便完成。」

Ellen 每逢星期日來顧店，她細說她的工作日常：「因爲每天有不同的店長，你要拿捏最新倉存，例如昨天可能進了牛津出版社的書，有多少本，放在哪裡，每次要在書店重新走一遍，『捐窿捐罅』（廣東話「四處尋找」的意思）看看有甚麼書。如果當天有新書，我會先看看，因爲我想很多讀者來到見山，喜歡這裡的原因是他們可以跟店長交流。」

讀者之中有喜歡文藝的，有喜歡電影的，有些人很熟悉台灣出版，有些人專門研究歷史或政治評論，他們來到書店遇上知音，無論是客人之間或與店長的交流，一點一滴都特別珍貴。

## 見山的選書與陳列

最初店裡主要賣文學、藝術兩大類書籍，後來因應社會狀況，添加了時事、歷史及哲學方面的主題。

Sharon 說，她也沒有刻意設定選書方向，她倒清楚甚麼書不賣，「心靈勵志、投資理財、醫學食譜不賣；亦舒也不賣，沒有不喜歡她，我家裡也有很多，送書就好。」

剛開始時，Sharon 沒甚麼概念每冊書要進貨多少本才會賣完，試著試著大概摸索到，「最初可能每個 title 進五十本，後來知道大概二十本吧，我們一定可以賣完。有些書你感覺到市場的熱情，可能進一百、一百五十本，我們也賣得出。」

「這裡展示的書本都是眞心希望推薦給讀者的，我們有信心賣出，也很少打折，除非眞的很貴吧，這

5／推門而入，是新書專桌。

6／疫情影響了大家的生活，見山不忘在黑板上寫下暖心的語句，鼓勵讀者振作。

是自己的價值觀問題。」

甫踏入店裡，是一張大木桌，主要是新書展示，Ellen說，書店的暢銷書，通常是結合了當時香港的處境，例如由二〇一九年到二〇二〇年期間，關於社會運動或者政治評論的書籍較受歡迎。店裡也有賣二手書，例如清朝或民國時期的書等。

「讀者很喜歡在裡面發掘喜歡的題材，無論是哲學、中國四大名著、《毛語錄》等等，就像尋寶一樣都是驚喜，有些眼光夠的客人會找到已經絕版的書。」

選書主要由Sharon負責，但她也會信任店長，有時候店長有些喜歡的書想入，她會說：「好吧，我信任你。」Ellen認爲：「這句說話很重要，其實我也沒有特別解釋爲甚麼喜歡某一本書，但合作的基礎是信任，聽到她這樣說我便很開心。」

籌備書店時，Sharon曾主動跟台灣的聯經出版社聯絡，沒想到對方不單止沒有小覷見山是一家還沒開業的小書店，更祝福他們。

有時候，Sharon 在其他書店看到喜歡的出版品，會主動聯絡作者，問對方會否有興趣把書刊放在見山書店售賣，「我在清明堂（Bleak House Books）看見小丁（香港藝術家和書本設計師）的書誌，覺得很有趣，便問她爲甚麼不在我們書店賣呢？」

這裡也賣精緻特別的文創產品及飲品，「例如門小雷（香港漫畫家）的作品，cold brew coffee 也有賣。」

在疫症來襲之前，人們還能自由出埠旅行，Sharon 和店長們如果在外地看見喜歡的精品，也會買回來放在書店展示。

## 書店與人的相互交流

由於書店空間不大，地下的空間主要放新書，也會使用書店前面的空地擺放文創商品，如本地製造的口罩、明信片、書籤等等。

「很多人逛太平山街，未必知道這裡有家書店，始終閱讀不是大多數人想做的事情，很多人只想逛逛街，或感受這裡的氣氛。所以我會在這裡放一些生活風格精品，都是吸引目光、色彩繽紛的東西，希望路過的人會留意到我們。」Ellen 細說。

新書的展示桌上，書封面大多都平放陳列，方便讀者閱讀。Ellen 說，人們打開門內進書店，目光碰上的第一本書，如果封面是朝著讀者方向的話，他／她通常都會順手拿來看看，那個位置最好放置具即時性的雜誌或者期刊。

見山的所有店長都很有「熱血」精神，對於新書或是獨立出版品，都會份外主動向讀者推介，銷情好的話，自己也會很開心。

「我們不會因爲某大型出版社給了一批書便去宣傳，有些書我自己看了不喜歡便不會推介。其實讀者會感受到的，覺得你推介書本的熱情是眞的，是你眞的喜歡而想分享給別人。」

「大家都說見山是一家文藝書店。其實在香港有很多非常好的獨立書店，他們都有自己的營運哲學，我們是比較生活化，讓人感覺像走進一個家裡，非常

7

7／書店前面的空地，會擺放文創商品，以吸引路過的遊人前來逛逛，開業以來也舉辦過多場活動，讓作者與讀者有機會交流。

舒服。人們未必每次來都要買書，可能只是坐一會，已經感覺煥然一新。」

「書店在社會的角色非常重要，是文化傳播者，疫情之前我們有很多活動，像讀書會、電影放映會等，並不只是買書這麼簡單。」

見山書店開業兩年，舉辦過逾百場活動，有音樂會、社區電影放映會、形形色色的讀書會，請來很多重量級的作家駐場與讀者交流，當中包括詩人北島、作家陳冠中及學者周保松等。

## 見山愛大家

開業兩年，見山書店跟很多讀者和街坊建立了密不可分的關係，不少讀者都毫不吝嗇地和店長們分享自己的閱讀評論、個人故事和經歷。

在社交媒體上，見山會分享每天的經營小故事，讀著帖文，就像在讀一部書店日記，有趣得很。

那麼經營書店有覺得辛苦嗎？

「其實沒甚麼辛苦的事情，可能當有書送過來時，一箱五十本，比較重，搬書會腰痠背痛，有時候會被書砸到，不過這些都不算甚麼。有時候，客人多、工作忙，但自己會覺得很充實。」

不過，Ellen 說著還是嘆了一口氣，「曾經有段時間比較難捱，因爲天氣關係，要不烈日當空，要不大雨滂沱，每天到了要收店的時候，全日卻只有一、兩個客人，內心有點煎熬，知道書店付給我薪金之後會虧損，覺得不好意思。」

「我希望守住這家書店，不要讓它結業。其實很多書店裡沒有洗手間，或者是很簡陋，但 Sharon 連洗手間裝修也做到這麼仔細，不拿來放書架或者當倉庫，只是想店長和顧客有需要時舒舒服服上洗手間，花這麼多心力，也只是想書店做下去。」

「大家其實也很愛見山書店，我們賣書沒有提供膠袋，紙袋都是都從鄰居朋友拿來的，他們又會帶食物過來分享，當成自己的家一樣，希望書店會一直經營下去。」

在訪談之中，Sharon 也有說，希望人們來到見山書店，會感到很自在，就像回到自己的家一樣。

也許就是「吸引力法則」吧！具有相似心態的人，會互相吸引，凝聚一起，原來是眞的。

8
9

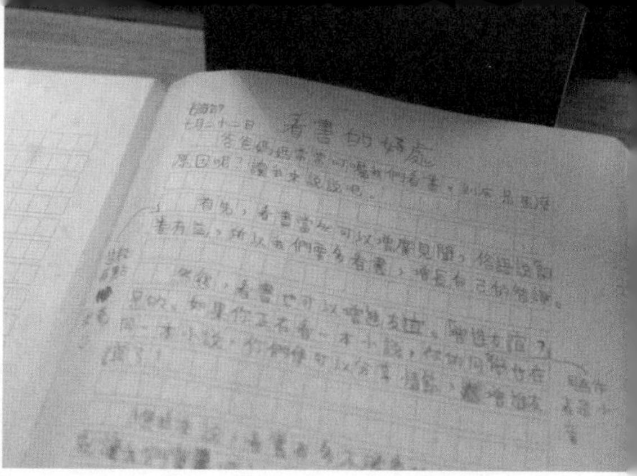

8／讀者在留言冊上，寫了一篇「看書的好處」。

9／《在二樓窗口讀雨》（柯帕 著），很配合這裡的氛圍。

INFO

## 見山書店
## Mount Zero Books

地址｜香港上環太平山街 6 號 C 舖
營業時間｜星期一至五 11:00~18:00 / 星期六、日 12:00~18:30
ig｜mountzerobooks
開業｜2018 年 5 月

# 都市空間 Urban Space

## 老街鄰里中的兩母女經營——品嘗家常餐點與閱讀韓國出版

// 在繁忙擠擁的都市裡，創造一個寧靜、寬敞的地方，讓人休息；也讓本來不太看書的人，願意打開書本。//



### 尋找尋常的香港街道之境

香港是個國際都市，於是乎，有些社區內香港人模樣的樣貌少之又少，比方說，近大陸口岸的粉嶺、上水等，會充斥著來買藥妝等的陸客；來到中環、金鐘一趟，又會有各色頭髮、皮膚的外國人，熙來攘往。

不過，如果你找天有空到訪土瓜灣，便可發現這裡充滿了老香港的街區味道。在街道上閒逛，會看見一些家庭式經營店舖，還會見到一家人和夥計在茶餐廳裡圍坐圓桌前吃晚飯的情景。

那麼父母與子女兩代家庭式經營的書店，這裡會有嗎？西環有精神書局，而土瓜灣這裡（應該是絕無僅有了），則有這家「都市空間 Urban Space」。

### 由兩母女主理的家庭式店子

由女兒 Joyce 和媽媽胡太兩母女經營，店子提供餐飲，內裡設有書部，是複合式營運，取名爲「都市空間 Urban Space」，是希望在繁忙擠擁的都市裡，創造一個寧靜、寬敞的地方，讓人休息；也讓本來不太看書的人，願意打開書本。

「請問有人在嗎？」到訪那天，是 Urban Space 的公休日（逢星期四），因爲沒有客人在，店主不必兼顧生意，訪問起來會比較從容。來到的時候，書店鐵閘半落，我很不好意思地推開大門。

「請進來啊。」店主 Joyce 應聲而來，她穿著淺藍色花紋、質料看來清爽舒適的襯衫短褲，及肩長度的頭髮用橡皮圈束起了一半。

「你吃過午餐了嗎？要喝杯水嗎？外面很熱呢，先涼快一下。」胡太正在吃午飯，同樣繫起頭髮，衣履簡便的她，見我進店內便抬起頭微笑。

甫進店裡，我非常喜歡眼前這個畫面——有書架、有手寫便條、有餐桌椅子、有食物的香氣與辛勤工作的一對母女，很有「家」的感覺。

傾談之下，知道店內有些傢俱是從舊物店買回來的，有些是從家裡拿來的，如果說人們爲甚麼到外地旅行時喜歡住民宿而不住酒店，我想是同一原因吧，大家都喜歡待在像家一樣的地方。

當日是盛夏午後，我在街上走了一會，項背便沾滿黏膩汗水，想必樣子有點狼狽。我先借用一下洗手間，出來後見她們已經勤快地整頓好桌面。

## 在最熟悉的街區實踐夢想

「我和媽媽都在土瓜灣長大，書店開在這裡，因爲我們就住在這裡啊。」Joyce 說。

小時候，Joyce 一家人非常喜歡往書店裡跑，家裡也有不少藏書，自小她便於滿是書本的氛圍中成長。她也會去圖書館看書，養成喜愛閱讀的習慣。長大後，她曾在書店工作大概一年，所以對書本零售業務有基本的了解。

在功利主導教育的香港，談起書本，有人會恐懼、甚至抗拒看書。我曾經聽過很多人畢業後說，「這輩子再也不會碰書了！」對香港的學生來說，學校培養多年來的閱讀習慣，主要就是爲了應付考試；而老一輩的人都愛說：「讀好書才會有出人頭地的機會。」

Joyce 曾經在韓國留學，試過跟媽媽一起去旅行，睡醒便到樓下的咖啡廳坐坐、看看書，對兩母女來說，這是很舒服的體驗。因此她覺得，如果能夠在自己居住的社區——土瓜灣開一間咖啡廳和書店，挺不錯呢！

旅行期間跟媽媽聊天，發現原來彼此都有共同理念，想在繁忙的都市裡有個空間讓人休息。

「我倆互相開玩笑，趁她還在生，趁我還後生（年輕），事不宜遲，盡快開家書店吧！」Joyce 燦爛的笑著。也有客人說：「恨咗好耐啦，土瓜灣終於有地方可以睇吓書、行吓！（在土瓜灣區終於有個地方看書閒逛，這樣的地方渴望很久了。）」

Urban Space 落戶美景街上，悄然融入鄰里的餐廳、婦產嬰兒用品店、洗衣店與士多之中。走過的街坊都穿著便適衣物，他們不時被寬敞的落地玻璃映透出店內的書本陳列而吸引視線，張頭探腦。

這話是眞的，來過這邊兩次，每次都有人在櫥窗前駐足，翻看門前的免費刊物，又或探頭進店內詢問是否提供餐飲、書本是否可以買下……

在香港，要尋找有創意特色的小店是90度垂直向上的旅程，因爲街舖租金高昂，小生意怎麼捱得住呢？結果，不少有心人只能把書店開在大廈高層內。而 Urban Space 則是難得地融入社區內的地舖店子。

當然你並不奢求能夠一下子藉此提升區內的閱讀人口，然而慢慢的，人們留意到都市裡多了這個愜意的空間，可以滿足肚腹之餘，也歡迎你內進尋找精神食糧。

## 都市空間的日常打理

最初 Urban Space 開在同一條街上的另一個舖位，Joyce 說：「那時我剛出來工作，媽媽是全職家庭主婦，在舊舖時，面積比這家店細小一半，在我們經驗不多的狀況下大小剛剛好。其實我們甚麼都不懂，包括怎樣裝修和進書。不過由於我之前在書店工作過

1

1／店旁是冰室、生活用品店，感覺讓閱讀融入社區，成為街坊日常生活的一部分。

一段時間，便四周打探（請教），誤打誤撞便開了店。」

Joyce負責書部，打理事務包括進書、管理財政、舉辦活動，聯絡代理商、出版社、作者和活動嘉賓諸如此類；媽媽負責餐飲部，主要工作是設定餐單、採購食材、烹調等，兩人互相協調。

一天的工作主要是煮餐，和客人交流及介紹書本，處理新到書籍，設計櫥窗陳列等。用餐時間店內客人會比較多，兩人手腳都停不下來。

## 是家人、也是經營夥伴

母親的餐飲經驗，全部來自家裡的廚房，慶幸Joyce小時候有在旁幫忙煮食，算有「合作經驗」；而有時候媽媽看到有趣的書本，特別是她喜歡的社會文學類型，Joyce便會參考選書。

做生意總會有意見不合的時候，媽媽說彼此的摩擦不大，因爲Joyce會尊重她。此時，Joyce突然淘氣地插嘴：「吵架後回家還是要見嘛！」

媽媽接著說：「生氣過了還是要坦白講出來，以協調爲主，尤其是現在實體店的經營模式與幾十年前不同，我會尊重她的看法，但也並非完全放棄自己的想法，而是要彼此溝通。」

Joyce說：「開店早期，因爲我倆都沒甚麼經驗，大家各自有理想中的店舖畫面或經營方式，容易有爭執，也不知道自己究竟該用家人或者工作夥伴的角色來對話。到現在爲止已經三年，大家建立了固定的工作模式，減少了爭拗。」

女兒和母親互相理解對方的想法，在經營上的分工合作與決策等，也能相互磨合遷就。

## 韓國特色選書

Urban Space主打售賣韓國文化主題作品、韓文翻譯小說，也有休閒生活、故事繪本類等書籍。

「開書店的原意就是讓人休息，所以我會選擇內容不太沉重的書本。」

而走一圈，你會看到店主的選書絕不膚淺，例如韓語小說中，有不少掀起社會爭議的主題，例如男女平等及階級主義；你也會看到與香港本土故事、社會發展相關的選書。

「我喜歡看電影，喜歡看故事。我覺得除了理論外，故事更容易帶出要點。（疫情）之前到韓國旅行時，會順便購入繪本，我也有買台灣出版的韓國翻譯繪本。但是韓版尺寸和裝幀往往比較漂亮，大部分讀者不諳韓語，我便自己翻譯內文。」

Joyce又提到，她認爲韓國的出版配套比較完善，有多元渠道推銷一本書，比方說電視劇裡出現過的詩集，會有很多人購買。

## 書店經營的學習與成長

舊店開業大概兩年後，Joyce和媽媽覺得地方太狹窄了，能放書的位置有限，可推介給客人的選書不多，閱讀空間不足。她形容舊店從門口看進去，總是黑漆

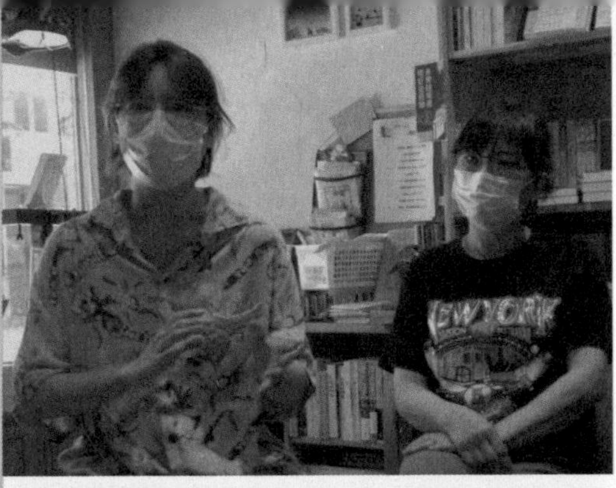

2／女兒和媽媽各司其職，Joyce 主力負責管理書部，媽媽則是餐飲區的主廚，她們也會互相給予意見，協調打理店面。

3／Joyce 曾於韓國留學，所以特意設有韓國主題選書專櫃，為讀者推介韓國作者及韓國出版書籍。

漆的，沒太多人願意停留駐足，兩年來的經營，業績慘烈，就當作是「交學費」吧。

「我們不想離開土瓜灣，始終是有感情的地方，剛好發現旁邊這個舖位，比舊店大一倍，也空置了一段時間，便選這裡囉！」

汲取第一任店的經驗，知道門口位置要吸引路人目光，應盡量展示書本封面，所以她們花了不少心機和金錢打造現在明亮也別具有氣質的玻璃陳列櫥窗。

「簡直像是整容前後呢！」媽媽突然打趣說。

這趟「整形」，果效非常明顯。人們開始注意到書店的存在，有客人推門進來說：「你們開業多久了?」Joyce 回答：「三年。」客人問：「怎麼從來沒見過你們呢？」

Joyce 接著告訴我：「到現在也是摸索中，店舖面積大了，可以嘗試陳列更多種類的書本來看看有沒有市場。但怎樣協調卻是一大困難，究竟是進自己想買的書，還是別人想看的書？如果純粹賣自己想要的書，無疑可打造出自己的特色，然而如果沒有人來買，生意角度來說不可行的；要是全部都是主流大衆會看的書，卻又未必是我想賣的書。」

沒有人一出世便懂得怎麼走路，大家都是在跌碰中逐漸學會如何在社會中求存成長。

媽媽說：「別想太多，別計劃太多；有經驗有它的好處，沒經驗也有其好處，我們可以慢慢摸索。現在店子面積大了，可以多放些書本，也很開心可以有志同道合的人前來。」

Urban Space 不時舉辦讀書會，除了給客人介紹書籍，還可以從對話過程中知道讀者對甚麼書種有興趣。作爲書店從業員，除了參考各書店的銷量榜，直接從客人口中聽到他們喜歡看甚麼書，是更直接吧。

## 讓閱讀走進生活

有位女士，是 Urban Space 的食客，她初時每次只會來用餐，也常常質疑：「這邊的書有人買嗎？」後來有一次，母女倆在煮餐的時候，看到她去逛書部，拿起書架上的書來看，後來還買了一本書，邊吃邊看。

Joyce 分享說：「我看到那個畫面，覺得很滿足。雖然這樣的人不多，但可以改變一個人的刻板觀念，讓本來不太看書的人打開書，我覺得有點成就感，這裡提供了一個地方，讓本來沒有閱讀習慣的人來。」

媽媽點了點頭：「還在舊店時，我曾聽到有位女士說，『小時候讀那麼多書，現在不想再看書。』這句話令我很震撼，而且這種態度也是具影響性的。」

「我一直相信，閱讀連結生活，人的一生不可能經歷所有事情，多看書跟別人聊天時也更有內容。讀繪本也讓我認識多了，圖畫書不一定只是漫畫。有時看完書，有許多有趣的東西想分享給客人，女兒反而說我硬銷（笑）。」

Joyce 和媽媽都相信，「實體書店需要存在，因爲逛書店是一個活動，一個休息方法，也是增加知識的行爲，即使不買書，逛一個圈也會發現新奇的東西。」

4 | 5
6
7

4／「都市空間 Urban Space」現址的外觀，明亮的玻璃櫥窗陳列了推介選書，經常吸引途人駐足察看。

5／Joyce 會在特選推介書的封面貼上手寫推介便條。

6／店內的天花頂懸掛著名為「Bookbird」 的裝置藝術，一本本由雀籠飛出來的書本，是「Swing A Cat」 的作品，也是設計「Urban Space」標誌的設計師。

7／書本裡總有充滿智慧的話語，Joyce 會挑選語錄，寫在店前的黑板上，與路過的讀者分享。

## 像家一樣，歡迎光臨！

土瓜灣是庶民小區，附近住宅大廈和民生店舖居多，街道上主要是街坊出入，偶爾會看到有人蹓狗。

人流方面，週末會有較多外區客前來，原區街坊不想去第二區，也會來這裡安靜地喝個飲料和看書。

午餐時段人們主要前來吃東西，下午茶時段氣氛比較輕鬆，有些熟客會過來找個位置坐下來工作、休閒。

兩人都說，來新店買書的人確實多了，是值得高興的事情。始終地方較大，人們願意逗留的時間長了，挑書買書的機會也多了。

不過，隨著需求增加，Joyce 的工作也較之前辛苦，因爲沒額外資金聘請員工，她要兼顧書部和廚房兩邊的工作，很多時候一邊幫忙媽媽煮食，一邊要解答客人關於書本的問題或者收錢，應接不暇。

但她說慶幸客人都很體諒，有客人會說：「你慢慢煮吧！」然後邊等餐邊逛書部，也有些客人用膳後會主動捧餐盤回來，甚至會等你做完手頭上的工作才過來付錢買單。這些都是她們沒有想過的，因爲做生意總不能要求客人太多。

「見到有人喜歡在店內坐下來休息，也滿足了我們的初心。有些人更說像走進了另一個空間，與街外景觀很不同。」

「若要問我怎麼形容自己的書店……家吧，像自己的家，在這一區生活了二十幾年，現在每天來上班沒有壓逼感，別人來這裡也覺得有家庭式氛圍，加上是我們兩母女經營，傢俬也是家裡熟悉的……（笑）」

8 | 9
10

8、9／牆壁掛上了韓國繪畫及電影海報。

10／餐飲區位置。

INFO

## 都市空間
## Urban Space

地址 | 九龍土瓜灣美景街 45 號地下
營業時間 | 星期一至五 12:00~20:30 / 星期六 12:00~18:00 / 星期日 14:00~18:00 （星期四公休）
fb | urbanspace.hk
ig | urbanspace.hk
開業 | 2017 年 9 月

# 蜂鳥書屋 Humming Books

## 由做出版到開書店——因為很喜歡書，所以蜂鳥（瘋了）

// 希望這是一家本土書店，想有空間支持獨立出版，想讀者知道這裡的書大部分都是香港人出版的香港書。//



### 一切由微小開始

「蜂鳥書屋」（Humming Books）是本地獨立出版社「蜂鳥出版」（Humming Publishing）的實體書店。創辦人是兩位年輕、知性、漂亮的女生 Yannes 和 Raina，說話溫婉亦有條理。

如果你細看蜂鳥出版的書目，涵蓋了心靈勵志、社會人文政治、科普、旅遊文學等等，都是兩位創辦人感興趣的題材。畢竟自己不感興趣的東西，怎麼出版成書還推薦給別人看呢？

「蜂鳥」的自我介紹裡這樣說：「我們雖然微小，但努力地逆風飛翔，希望在這紛擾的世界中，留下時代定格，迴響成微光，爲你提燈引路取暖。因爲很喜歡書，所以蜂鳥（粵音跟「瘋了」一樣）。」

溫暖之餘帶點幽默，我喜歡這樣的處世之道。任何微小的事情化爲習慣持之以恆，將會成爲改變世界的生活型態。

## 從獨立出版到書店經營

蜂鳥出版於二〇一八年十一月成立。兩位創辦人本來在中型出版社工作，主要負責小說、生活風格、財經投資類書籍，後來機緣巧合下跟一個相熟的作者洽談後，一起創辦了蜂鳥出版社。

Yannes 和 Raina 最初並沒有想過會開實體書店，是機緣吧，透過作者介紹，她們認識了位於中環、由殖民時代歷史建築活化而成的藝文空間「元創方」（PMQ）的負責人，對方邀請蜂鳥來開一家 pop-up store（期間限定店），預期經營三個月。Pop-up store 於二〇二〇年六月開幕，而約滿後她們跟 PMQ 再作傾談，後來決定再簽下兩年租約，成爲了現在的蜂鳥書屋。

「其實我們想了很久才決定續租，有很多考慮，例如租金吧，搬到工廠大廈一定比較便宜，但上樓了便不是書店，比較像是倉庫和辦公室。我倆研究了好一陣子，向 PMQ 提交申請的過程也很繁複，交了很多

1

1／蜂鳥書屋由兩個女生 Raina 和 Yannes 主理，她們也是蜂鳥出版的創辦人，這裡既是書店，也是出版社的辦公室。

文件，也要面談，PMQ 有提供租金減免，計算過後，我們覺得可以做下去，於是簽了長租約。」Yannes 笑著說。

走了一步，便會接著走下去。如果凡事等待百分百有把握才去做，那麼永遠都不會踏出第一步。

Pop-up store 的格局跟現在的差不多，但當時礙於租約期短，藏書不算多，主要是自家出版品。現在陸陸續續增加了本地出版，種類包括社會議題、心靈勵志、港台文學和雜誌等等，也有些文創精品。九成選書是直接向出版社取書，也有些作者或出版社拿書來寄賣。

## 不隨常規的陳列選書

店內的書本都以封面示人，又可見當中有些是出版年月已久的書，都給放在當眼位置，藉此機會再次帶動銷量，這在傳統書店裡似乎是不太明智的做法呢，因爲每個月有新書換上才能夠吸引讀者重複光顧，選書新鮮度很重要，如果來來去去都是同一批書，讀者自然失去再次光臨的意欲。

然而這裡銷量較好的書，當中有一些是舊書，已經出版一段時間，它們在一般書店很可能因爲不太好賣而已給下架了。爲甚麼會有這個現象呢？這大概與顧客群有關。

## 隨意閒逛一圈的讀者

PMQ 週末經常舉辦藝文活動和展覽，人流會比較多，Raina 分享了一個有趣的觀察：「來這邊的人，都不會是很有目的去買書，很多是路過，看到這家書店挺有趣的，進來逛一圈，看到合眼緣的書就買回家。」

「也有聽到客人說，家裡很多書還沒看過（笑），感覺上這裡的客人都不是有常規逛書店的習慣，我們反而可以聽到不同的人對於書本以及閱讀的看法。」

2
3
4
5

2／蜂鳥書屋位於中環 PMQ 元創方內，建築物前身是荷李活道已婚警察宿舍，已被列香港「三級歷史建築物」，經過活化後成為一處創意中心。

3／書屋內有蜂鳥自家出版的書籍，也陳列了其他本地出版社的出版品。

4／與香港社會現況相關的書籍。

5／有些選書已出版一段時間，在主流連鎖書店也許都已給下架了，但在這裡再次獲得以書封展示面向讀者的機會。

## 自由——出版與書店的核心價值

書屋同時也是 Yannes 和 Raina 的辦公室，二人會輪流顧店，一邊兼顧出版社的工作，她們每星期有一天會共同出現在店裡。

談到理想中的書店，她們說其實跟現況也很接近了，希望有更多空間讓人坐下來閱讀。

「不過始終我們時間有限，沒有用盡全力去推動書店；我們有很多事情想做，但眞的沒太多時間。」Yannes 說。

我倒覺得，蜂鳥出版和書屋已經做了很多，能夠有意識地擺脫傳統書業的內容掣肘，出版和推廣自己認爲有意義的書，我非常佩服。

主流出版對於二人來說有點限制，以往在出版社打工要「跑數」，做下去漸漸感到流水作業式。那麼自己做獨立出版有甚麼不同呢？

「自由吧，有時作者問我們是怎樣決定是否出一本書，我就說（蜂鳥出版）只有我們兩個，出一本書無論成功與否，只會影響到我倆（的生計），哈哈。有時出版一本自己很喜歡的書，但銷量反應未必很好，自己也是心甘命抵的。」Raina 說。

「獨立出版的題材比較廣闊，以前打工時會做一些自己未必喜歡的書種。不過，自由的代價是很多事情『一腳踢』，很多瑣碎的事情都要自己做，例如宣傳、週末書店辦活動、書展搬書等等吧。」

Yannes 像是突然想起了甚麼的，對我說：「還有最大的分別是成本控制上，現在我們會針對每一本書的風格來決定印刷及設計成本，也試過找台灣設計師合作。」用心去做好一本書，讀者是會感受到的。

「我們希望這是一家本土書店，想有空間支持獨立出版，想讀者知道這裡的書大部分都是香港人出版的香港書。希望這裡沒那麼『主流』，大部分連鎖書店賣的都是同一批書，讀者可以來找找看外邊沒有的選書。」

6

7 | 8

6／這裡的書本陳列方式，都讓讀者看到了封面。

7、8／店內也有售本地手工藝、文創精品，以及描繪香港的海報及明信片。

INFO

## 蜂鳥書屋
## Humming Books

| | |
|---|---|
| 地址 | 香港中環鴨巴甸街 35 號 PMQ H307 室 |
| 營業時間 | 星期一至日 12:00~19:00 |
| fb | humming.publishing |
| ig | humming.publishing |
| 開業 | 2021 年 1 月 |

# 一拳書館 Book Punch

## 一拳驚醒讀書人——以閱讀回應時代需要

// 我不想閱讀只圍繞知識分子或文藝朋友，而是所有人。不一定是學者，街坊去分享也可以。//

### 獨立書店的提案力

一家書店的靈魂是書。

香港學者、中文大學副教授周保松來「一拳書館」（Book Punch）看書，看到一整個書架放滿了台灣「春山出版社」的選書，立刻告訴他們的總編輯，對方也覺得很驚訝，還特別感動，因爲連台灣的書店都沒在做這件事，結果書店和出版社以書結緣，成爲隔岸的朋友。

不記得是哪位獨立書店負責人跟我說過，絕對不賣村上春樹的書，原因不是討厭他的作品，而是隨便走進一家大型書店都會看到他的書放在當眼處，小書店憑甚麼去爭取讀者的青睞呢？

那得回歸書店經營的基本步——你在賣甚麼樣的書，還有怎麼去賣呢？

日本蔦屋書店（TSUTAYA）的創辦人增田宗昭便在《知的資本論》一書中提到「書店的提案力」，即抽取相似或具有連貫性概念、封面設計、主題、內容的書本放在一起，以呈現出某種生活風格。

換句話說，如同站在顧客角度去逛書店那樣經營，想想看對方需要甚麼，店內環境與陳列怎樣能夠帶給他／她跟網絡和大型書店買書不同的體驗，看到平常未曾接觸過的書。

台灣獨立書店「有河 book」曾經歷結業後復業，我想套用其創辦人詹正德一句說話：「（書店的提案力）……就是未來獨立書店店主最能夠與大型連鎖書店區隔的關鍵能力了，每個獨立書店的店主都將是、也必須是自己書店的策展人或總編輯，一旦社會上有重要議題，店主必須有能力將相關的出版品編集陳列，對議題做出回應，也才能與讀者及社會互動，激盪出更多反思及再創作。」

香港的一拳書館，便充分做到這點。

## 一個書架、一個世界觀

除了特選的幾個出版社專櫃以外，一拳書館在書籍分類上也很用心。開書店前三至四個月裡，創辦人

1、2／書館內設有推薦個別出版社作品的位置、專櫃。

龐一鳴努力搜羅一、二手書籍，分類成十四個主題，例如「香港有譯」（Translating HK）、「無用之用」（Useless therefore Useful）、「無政府主義」（A for Anarchism）、「煲底見」（Until We Win）、「拉美在此」（Latin America is Here）、「酒吧話題」（Pub Survival）、「奇人異事」（Human Diversity）等等。

光看牌示，讀者第一眼可能並不能完全掌握架上賣甚麼葫蘆。你必須將書脊全看一遍，再回頭看分類牌的文字描述，才恍然大悟：「原來是這樣啊！真是有趣的概念！」

比方說「無用之用」（Useless therefore Useful）就有文學小說、詩集、建築書等，因爲龐一鳴覺得文化藝術在經濟主導的社會裡本來就沒有可競爭的生產價值，正正因其「無用」，在人生的其他領域裡才有其用，創作者接受這點以後，便可更自由地透過文化藝術去傳遞貼近人性獨特的價值。

大部分香港的書店都採用傳統分類，一拳書館的這些專題書架則衝擊著來人的固定思維，形塑了各種並行世界觀。

「長時間有效的事情，長此下去一定會成爲一個限制。」龐一鳴說他深受台灣學者畢恆達所寫的《空間就是想像》一書啟發，畢恆達講過書架可不可以用重新分類的方法呢？例如按色彩分類，吸引讀者看一些平時不會看的書。

「我想重新做一個分類、一個互動。我合上眼都能記得不同書店的書架分類，但這些分類都是一個框框，我們會否可以跳出這個框框呢？有讀者會對我的分類感到好奇，例如『無用之用』放了甚麼書呢？於是把全部書看一遍，思考爲何這本書會在這個類別，這很好玩。不只每本書有其信息，我將它們放在一起，也帶出某種信息。」龐一鳴曾在《明報》的訪問裡說道。

創新的分類在獨立書店中並不罕見，但其難能可貴的地方在於每位店主選書的用心，正因爲每個創辦人、店長與店員也有自己的閱讀口味與想呈現給讀者的風格和理念，久而久之將形成每家書店無法取代的

| | |
|---|---|
| 3 | |
| 4 | 6 |
| 5 | 7 |

3~7／一拳書館獨有的圖書分類。

核心風格。

一拳書館其中兩個理念是：一、嘗試另闢蹊徑，推廣閱讀；二、發揮書本教育和啟蒙的力量，從這十四個富公民意識、具知識性及趣味的主題分類，可略窺一二。

「我選書時，會從如何回應這個時代的需要出發。」商業決定影響社會發展，莫說書店，一般生意經營者有多少具良心和對大眾負責任呢？

然而龐一鳴並沒有在躲象牙塔裡思考，他覺得讀書不設限，也不一定是很艱深的，高高在上的人看書，普通人也能看書。知識屬於每個人，雅俗共賞。人與人之間是平等的，非只存在口號上的平等，一拳書館希望打破框架，讓人享受閱讀的自由。

說到一半，龐一鳴突然笑了笑：「其實這些分類也是從個人品味出發，也是有私心的，我喜歡看的書便放在這裡囉，至於有些很經典的書，所謂『書店一定要賣的書』，這裡都沒有賣。空間有限，兼顧這本便忘了那本。」

誰說書店店主不能任性一點呢？賣自己想看的書，走自己想走的路。

## 走進書店、也就是走進社會之中

龐一鳴說他開書店是將所有個人經驗、想法和興趣萬中歸一。

他大學讀書時修讀電影，畢業後沒有入行，在社區中心當英文和廣東話導師，對象是新來港學童。龐一鳴從事社會服務工作，起初是教班，例如毅進文憑課程（香港專上教育課程，主要培訓學生在職技能，畢業後更快融入社會），很多年青人的公開考試不合格或得零分，龐一鳴作爲老師，教他們英文和人際傳意等，「令他們將來的路比較易走，當時我想，會不會透過教育去做些事情呢？」

他也有在持續教育中心工作，眼看到有些年輕人困在課室裡一整年，「我跟他們說，有些人讀完書後不一定做全職工作，希望他們會多點關心社會。」

「其實我一直都是在給人留這個印象——『關心社會』並不等於『搞事』（惹事生非），希望人們對於『關心社會』這件事情不會留有負面感覺。」

後來減少教班，龐一鳴參與更多社區工作，比方說戲劇、文化導賞、關注小店與本地農業議題等等，他也爲小眾社會議題如勞工權益、居港權爭議等發聲。二〇一〇年，龐一鳴曾發起「一年唔幫襯大地產商」行動，在一年內拒絕在大地產商旗下的商店消費，包括超市、巴士、電力公司、固網寬頻等，用行動告訴大家可以怎樣支持本地小農生產和小店、不要向地產霸權低頭，因爲市民每一次消費，等於認同了該產品生產背後的意識形態。

到了二〇二〇年，因爲社會運動和疫情來襲，龐一鳴有了新的反思，並在社交媒體寫下：「時代變化之猛烈，對我來說非常非常喜歡的工作，都彷彿再沒有繼續前進的燃料。」

這一年的二、三月份疫情高峰期間，龐一鳴每天留在家很長時間，「我在想到底有甚麼出路呢？再做以前的東西好像也沒甚麼意思，也很迷惘。」

「約莫五月時，大概是社會運動後期吧，香港有些書從公共圖書館及大型書店下架，教科書要修改內容，內地有某些學校圖書館移走《動物農莊》、《1984》……，我發現原來黑暗、壓迫都在生活裡的細節呈現，不會脫離生活，那刻卻突然有了隧道盡頭曙光出現的感覺。」

這曙光，便是開一家書店。

「年輕時，我可以每個禮拜逛書店四天，踏出社會後我也至少每星期有兩天往書店跑，看完電影也要去書店，所以現在是做自己最喜歡的事情，也就是介紹書本。」

「到了現在，我會覺得是將之前熱衷的事情萬中歸一。過去實踐多年的概念，我覺得需要統一和深化，將一直關心的東西在共同的空間內展現出來，所以在這時候選擇開一家書店，結合教室去營運。」

## 是書店，也是社區教室

鮮黃色富有嶄新、啟蒙之意義，強大的親和力與溫暖，讓人感覺喜悅明朗，充滿盼望。

這是我對一拳書館的第一印象。因爲從標誌以至書店牆漆、標牌等，皆以耀眼的黃色爲基調，好像在招手請你進來逛逛看書那樣。而龐一鳴談起書店種種時，嘴邊也掛著像太陽般燦爛的笑容。

這裡有千多呎的空間，一個主空間放置了靠牆的書架和書籍陳列檯，小房間是「身心靈」主題書區；另外，一半空間沒有販售任何東西，卻放了幾張桌椅還有豆袋沙發，龐一鳴說：「平常沒活動時，希望人們多善用這個空間來看書。我自己去逛書店時，空間都會拿來放書，眞正可以坐下來看書的人不多。很多時候人們買了書回家都不會看，買了一本書，並不眞正屬於你，讀了十頁、二十頁之後，那本書才是屬於你的東西。」

除了讓客人放鬆閱讀，這空間也作教室之用。

「是否一定要賣餐飲才能讓書店生存下去呢，（複合式業務）能否跟閱讀緊扣一點？由於自己有教育背景，那便想不如教班吧！用書店賣的書來開辦學堂，非常配合啊！」

「暫時有兩個系列，一個是文化藝術，另一個是與社會運動相關，我們會開辦『認識正義』、『閱讀監獄文學及寫信給在囚人士』的課程，邀請因爲社會運動而失去工作、或者曾坐牢的人，希望他們用親身經歷去做導師，去講社會公義。」

這裡同時會辦簽書會、讀書會等等，也邀請「有故事的人」開辦街頭健身班、拉美文化興趣班，「我想試試利用課室連結閱讀，作爲書店出路。」龐一鳴眼神閃現著堅定信念。

## 讓每個人見字呼吸

書店位於深水埗區大南街，近年有咖啡店、打造理想生活風格的選物店等本地小店進駐，很多都爲年

8 | 9
10 | 11

8／一拳書館的室內裝潢及宣傳設計，都以鮮明的黃色為主調。

9／龐一鳴認為，閱讀對時代有一種意義，現今網絡上存在大量資訊，人們消化資訊的時間短促，往往某件事情發生，還未搞清楚整件事情的來龍去脈，便被寫成文章發表。但寫一本書要有足夠的時間去進行研究、資料整理，寫作者讓事件經歷一段時間後，大致了解原因、經過和影響，才落筆寫一本書。對比起雜誌、報章、網絡文章，紙本書的角色便非常重要。書能遠離媒體的煽動、輿論製造目的、假新聞等，讓讀者可以宏觀一點去理解事情是怎樣發生。

10、11／書館內劃出教室空間用作舉辦工作坊、活動等，平時也可讓讀者隨意休息看看書，非常舒適。

輕人主理，讓本來老化的街道鄰里一下子拾回活力，也吸引許多喜愛質感生活風格的區外客人到訪，國際文藝雜誌《*Time Out*》更將深水埗評爲香港「最酷社區」(coolest neighbourhood)。

然而，深水埗一帶居住的，其實主要是勞動或藍領階層，這區的劏房也特別多，街道滿是蔬果雜貨、電子產品、廉價成衣、二手古物的攤販，環境衛生並不特別理想。在街上蹓躂的，還有不同背景的人，很多居民每天揮汗如雨工作，到了晚上回家只求一餐溫飽與一瓦遮頭。

龐一鳴覺得，一拳書館的千多呎空間別要浪費，應該是誰都能夠打開門進來，「在服務外區人之餘，同時兼顧區內街坊，好簡單，無論你經營甚麼都好，產品的價格範圍能否照顧到所有人呢？譬如咖啡室，賣六、七十元一杯沒所謂，但是否也有十多元的梳打水，讓普通人有選擇，也可以坐下來消費？豐儉由人，這好重要，不需要排斥貴價品，但儉的部分也要照顧到。」他在浸會大學一篇學生訪問中曾這樣說。

他也留意到在港的外傭、無家者或南亞裔居民，雖然也是香港的一分子，但絕少會逛書店。他在其他訪問中說過，「我不想閱讀只圍繞知識分子或文藝朋友，而是所有人。不一定是學者，街坊去分享也可以。」所以一拳書館會舉辦多元化活動，例如邀僱主和外傭一起晚讀；跟餐廳合作重現歷史裡的重要飯局；邀請清潔工午膳時到店內一邊吃飯、一邊讀書；和無家者協會合作，安排無家者打工和做閱讀分享會。

「書店是屬於每個人的。」他再次閃現肯定的眼神。

在收銀處後面有一個小房間是「身心靈」主題書區，也是轉換心情的空間。龐一鳴指向那邊：「這裡有一個房間，主要放我們歸納爲『見字呼吸』(Breathe, Read) 的書本，希望讀者更加關心自己，看見分類牌便坐下來，安靜呼吸，喝一口水。書架上的書可能是關於『行路』的體會、或是人們怎麼經歷社會動盪，可以幫助宣洩鬱結的書。」

「我曾經在雜誌看到米哈（香港學者作家）的訪

12／受香港作家米哈的啟發，書館設有「恩書」一角，邀請讀者也寫下他們的「恩書」。

13／一拳書館關注在港外傭、無家者及南亞裔居民的閱讀需要。不限身分與國籍，只要有興趣，都歡迎讀者前來看書。

問，他提到『恩書』這個概念。『恩書』在日本是指對你有恩的書。例如他提到《挪威的森林》小說等在他的人生低潮或需要鼓舞時『救過他一命』，若火燭發生，他一定會拿著這一箱書走。我覺得這個概念很值得實體呈現，於是在房間裡放了他的『恩書』，同時邀請讀者也寫下他們的『恩書』。」

龐一鳴與搭檔一直關注人的精神健康與心靈發展，「書店有這個空間，便可以實現這些想法。」

## 每一筆消費都帶著意義

一拳書館的宗旨之一，是探索書本零售的更多可能。龐一鳴總是身體力行，所以他想到這樣做——客人來買書，明碼實價不打折，但購書滿指定金額，會送贈本地農產品或雜貨，如新鮮有機蔬菜、蒜頭醬、水果茶、一口鳳梨波、環保廁紙、純素曲奇、果乾等，如此一來，客人獲得健康有益的贈品，本地供應商多了個銷售渠道，書店也藉此可提高生意額。

通過這種消費模式，人們可以買到喜歡的書，同時更有效支持持續發展本地農產事業，「十元一斤菜，有些人可能會覺得太貴，可是兩、三元一斤的菜，很多時連種植方法都有問題。知識有價，食物也有價。」

## 由 Excel 試算表到未來構想實踐

龐一鳴是個對生活充滿熱情與理念的人，然而在籌備書店開業與經營方面，他只是個菜鳥，是在跌碰中摸索成長。他在電腦新增了一個 Excel 試算表，寫下自己想在書店賣的書，一邊開始物色地方。

「某次碰巧在『合舍』（Form Society，深水埗大南街一個複合藝文創意空間）看完展覽，抬頭一望，便見到這個三樓單位招租，又沒有交給地產代理商，便立即打電話了解，然後經歷了大概兩個多月的還價期，本來我已經準備簽約，然後疫情又來襲，隔一段時間後我再還價，討論出一個雙方都滿意的安排和租金。

一拳書館的建築面積是 1,700 平方呎，實用面積是 1,100 多平方呎，龐一鳴認爲這裡空間大小剛剛好，八月份決定簽約，和業主簽兩年死約（租期內，任何一方提出退租、增加租金或者減租，便屬違約，需要賠償），兩年生約（業主或租客給予通知期，便可單方面終止租約）。簽了租約，龐一鳴預期往後四年的租金升幅不會很大，他笑說：「所以是預備長此做下去了。」

業主給予一個月免租期，由於單位基本上裝修整齊，龐一鳴和搭檔只需要髹上些許油漆和簡單鋪上地板，而因爲想節省成本，材料都是自己買回來再給師傅作裝潢。他說試業（二〇二〇 年九月十八日）前兩天，房間的間隔才完成，有朋友在開業前上來看看，對方非常狐疑：「爲甚麼這裡看起來不像兩天後就開張呢？」

「兩天內的變化非常大，有一晚我還通宵在這裡排好書，然後便完成囉！」

Excel 試算表上列出了一拳書館想賣的書。第一步要做的，是找出哪個書籍發行商代理哪本書。香港

14／書館內有售本地和台灣生產的農產品，這裡所有書籍不打折，讀者購書滿指定金額，送贈本地農產品（菜、橙、薑等）或雜貨（手工肥皂等），透過這種消費模式，人們可以買到喜歡的書本，同時支持持續發展本地農產事業。

15／書館開業不久，筆者前來訪問當晚，人流不少。

16／這個由天花板吊下來的層架是上手租戶留下來的，正好用作存放書籍，非常實用。

出版業資訊並不流通，相熟的業界朋友會直接回答誰代理某本書，龐一鳴挨家聯絡，有些只給幾本書，有些並沒有回覆，可能見他這家是新書店，名字又奇怪。一拳書館也直接聯絡獨立出版社，包括台灣和美加地區的。也有些人主動洽談寄賣，例如自資出版者。另外，大眾書局於三月份宣布結業，不少書本遭退回倉庫，有業界工作者找地方販售書本時又找上了他。

他積極搜羅新書種，他說外國有一個做法是香港出版社似乎沒有做過的，就是美加有些出版社，印刷書量會比預期高，多出來的書量，不會流入一手市場販售，而是在書頁邊緣畫上一個黑點或者一條直線，繼而成爲一本全新的二手書，「我覺得這件事很有趣，因爲一本書明明是全新印刷，只是加了一粒『墨』，價錢就比新書便宜一半。」於是一拳書館便有一張書桌陳列相宜的英文書。

龐一鳴說，他非常希望推廣英文閱讀，然而網購非常便宜，直接送到你的家中，獨立書店其實沒有條件賣英文書，因爲以正常途徑向代理商取書，加上運費，成本價便等於網站的賣價。而通過販售「1點2手書」書籍，便既可以賣全新英文書，價錢也比網購便宜，「完成了小小的願望，推廣英文閱讀，始終英文出版較蓬勃，所以很想大家也多接觸華文世界以外的題材，我是頗爲開心的。」

龐一鳴也講到，開一手書店必須要注意這一年來，甚至是半年、三個月內出版的新書，原因是在這以前推出的書，很多讀者都可能已經看過。他勤力地翻看書介，也憑過去閱讀經驗，揀出口碑不錯的作者或出版社來選書，「新書店要不斷入書才能夠吸引人們，所以這段時間以來，我不停留意最新出版的書，甚至九月中試業期前，已緊貼有甚麼新書推出，開業時馬上再做第二輪訂購，有點像在打仗那樣。」

「前線在賣新書，後勤又要盯緊哪本書沽清需要『補糧』，迴響高的書要馬上補貨，反應不太好的又要想怎麼介紹它，讓讀者不會錯過每一本好書，同時間有很多事情進行中。」

說到這裡，我發現自己緊握手心，眼前彷彿從黃澄澄的書店背景搖身一變成爲戰場。每本書，都在爲自己努力戰鬥中。

「半年後吧，這裡會重新規劃空間，三分之一的書會保留，其他都會換場，回應下一階段的社會需要。例如二〇二一年是『311日本東北大地震』十週年，我搜羅很多相關的書本推介，讓大家反思核能運用，以及日本政府怎樣處理核能問題。你看現在很多人還沒有妥當的住屋，這些議題都很值得去討論。」

一拳書館，拋出一拳去驚醒讀書人。這是龐一鳴的信念。

「近年香港出版的紙本書，力量是強大的。一本書暢銷當然是好，但其實花再多心思可能都只是多賣幾本，我覺得反而是種解放，大家都是眞心想出版高質素的書，不再只爲吸睛。」

「現在看似絕望，反而是希望的開始。」

17 / 「1點2手書」專桌。

18 / 一拳書館推廣英文閱讀，盼香港人更多接觸華文世界以外的題材。

17

18

## INFO

### 一拳書館 Book Punch

地址 | 九龍深水埗大南街 169-171 號大南商業大廈 3 樓
營業時間 | 星期一至日 12:00~21:00
fb | bookpunch
ig | book.punch
開業 | 2020 年 9 月

# 夕拾×閒社 Mellow Out

## 重拾閱讀閒情，也照顧好身心靈——工廈裡的書店與共享空間

// 拿起一本看似無聊的書，看著看著，心裡有些東西被戳中了，然後繼續追看，慢慢便會養成閱讀習慣。//



### 隱於十四樓的寧謐秘境

一個大雨滂沱的晚上，一片狼藉下，我好不容易來到書店門前。一位身形苗條的女生迎接我時，用她纖長的手指指向一個粉紅色保麗龍材質的傘架，說道：

「你的雨傘可以放在那裡啊。」

我覺得這個雨傘架雖比一般的矮小，但勝在質料柔軟易乾、格數也多，放在店門前非常合適。基於初次見面，想禮貌寒暄多幾句，我隨即回應：

「噢！這個好方便，是在哪裡買的呢？」

她噗哧一笑，「那是我在樓下撿回來的，本來應該是別人不要的包裝填充物。」

我倆頓時笑成一團。

「夕拾X閒社」（Mellow Out）位於觀塘區一棟工業大廈裡，也就是有很多個體戶行業、中小企如攝影師、印刷公司等會租用的地方，這區從週一到週五運輸流量不輟，常常見到貨車進出裝貨、卸貨。剛剛提到的雨傘架，大概就是運輸過程中遺下的廢物吧。

樓下貨物裝卸頻繁，人來人往，地方也較陰暗和濕滑；樓上十四樓是書店所在，脫掉鞋子進到店裡，室內環境比我想像中的寬敞，而且幾扇並排的大窗戶讓整個空間光線充足，天花也高，水泥灰與原木色調配搭得宜，幾個靠牆的大書架，正中央放有新書、暢銷書展示桌，還有矮沙發椅和軟坐墊，讓人可以坐下來休閒看書，一點都不侷促。

這裡是個長方形圖則的單位，約莫一半的空間放置了書架、書桌和收銀檯；而走到另一邊，感覺就像是到訪朋友家中的客廳——有幾張長桌椅、有可以拉下來的投影機屏幕布，還有大沙發和茶几。

原來書店以外，這裡還是個共享空間，在晚上或者週末時間，都有舉辦關注身心靈健康的活動，例如靜觀、冥想、催眠和音樂治療等，也有不同的工作坊，主題環繞本地設計、手工藝如花藝、蠟燭製作等等。

沒有活動的時候，客人可以隨意在這裡休憩看書，自由自在。

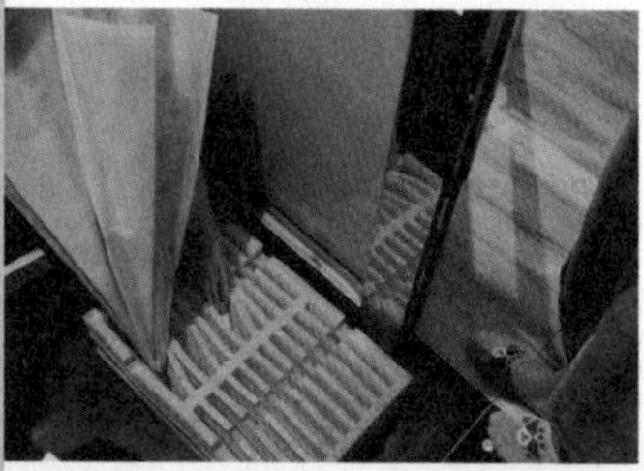

1／物盡其用，放在書店門外的環保雨傘架，原本是包裝用品。

2／空間的一半是書店，也寄售文創、手作品；靠大窗的另一半位置，是共享空間，供舉辦多元活動，自然採光良好。

## 嘗試走一條不一樣的路

說不上爲甚麼，店主 Sharon 給我莫名的親切感。可能是因爲她笑起來時眼睛會瞇成彎彎的半月模樣，也可能是她在我初次上去書店時，輕輕說了一句：「你累嗎？讓你特意過來不好意思了。」那樣體貼的言語，讓我對她和她的書店產生了好感。

Sharon 大學中文系畢業後，做了一份長工，大概有三年時間當財經公關，當時工作待遇和同事都很好，只是她覺得自己不是讀商科，之後也未必想從事金融行業，她希望嘗試新東西，所以決定「裸辭」（即辭職的時候還沒有下一份工作合約）。

到了二〇二〇年中，她覺得疫情可能會退減，想趁著這個機會作出新嘗試。

喜歡看書的她，有了籌備書店的想法。

她想做便去做，很快地，於五月份租地方，靠自己的力量和朋友支持，著手進行裝修、採購等。

現址本身是辦公室，要變成書店的話，需要拆掉原本的裝潢，從零開始改裝，像牆壁就是 Sharon 找朋友來一起 DIY（Do It Yourself）的。由於免租期只有兩個星期，Sharon 爭取時間同時處理裝修、選購傢具、進書等工作。

時間一眨眼便過去，書店也在繁忙的日程中慢慢形塑出一個開幕的樣子了。

## 「牧羊妙齡女子」奇幻之旅

準備開店之初，朋來都自告奮勇來幫忙，有人一邊塗漆牆壁，一邊狐疑：

「賣書賺不了錢，現在還有人看書嗎？」

「你要相信自己，任何時候旁人的說話其實都並不重要，最重要的是自己怎麼想。數學再差也可以計算出來，損失最多只是一年時間和金錢投資。」

Sharon 神眼堅定，沒有動搖。

3

3／「夕拾 x 閒社」主理人 Sharon 勤奮也能幹，一個女生打理書店及共享空間，書本進貨、活動安排等日常事務，都親力親為。

「當然我也預想會虧損，不過凡事要先嘗試才知道結果，要踏出一步才知道路能不能走下去。其實到目前爲止也不能算是成功，可是總得走出一步，才知道成功離自己有多遠。」

當你踏出第一步，就會有第二、第三步，倘若你能夠全心全意去做一件事情，你的身上會散發出自己也不爲意的閃耀光芒。

「幸好我的朋友都很好，不只是口頭上講講加油，還會作出行動，實際來幫忙。」

就像《牧羊少年奇幻之旅》所說的，整個宇宙都聯合起來幫助 Sharon 籌備書店，因爲這是她真心渴望要完成的事情。

二〇二〇年六月一日，夕拾X閒社正式開業，不過 Sharon 說當時她其實還未開始對外宣傳，所以接著兩個月裡大部分時間都只是朋友來訪。

到了七月中，Sharon 便想著開始找人合作。她心想，會不會找一些新進作家呢？想著想著，便覺得別再想了，不如試一試吧。當 Sharon 知道前新聞主播柳俊江會推出一本新書，而訂書的讀者主要會安排到獨立書店和本地小店取書，Sharon 便主動聯絡作者，問他有沒有興趣在她的書店設立一個自取點，湊巧對方正缺一個在觀塘區的取書地點，所以他們很快便達成了合作協議。

而柳俊江的新書正式出版後，讀者反應踴躍，有幾百張訂單選擇於觀塘取書，人們上來取書的時候，順便也會逛一圈，「我就把握時間跟他們講講這裡的特色，大家也很有耐性，特別在這段時間，大家都很想互相幫忙，這也算是機遇吧，每個人也想出一分力，然後愈來愈多人知道這書店的存在，會有人來找場地做活動、工作坊。」Sharon 說。

這個妙齡女子，外表像極了張愛玲筆下走出來的一位知性細膩、也姿態曼妙的小說人物，而從她的想法到行動，到書店漸漸成形，就只是一、兩個月之間的事情，能夠說到做到，她還眞是個擁有果斷行動力的女子。

在開業之初，Sharon 正好抓著了時機創造迴響，靠口碑讓書店的名字廣泛傳開，這無疑是有效的傳銷。

Sharon 說她並沒有額外投放金錢在宣傳上，然而因爲柳俊江的新書而開始有人認識這書店的存在，客人多了，這正是獨立出版與獨立書店相輔相成的意義。

## 在這裡 hea、不要有壓力

夕拾×閒社的理念明確：「希望更多人看書。」

Sharon 認爲，傳統書店分類比較學術化，閱讀門檻比較高，她特意爲書店選來較通俗易讀的書籍，希望適合想建立閱讀習慣的人，她覺得要吸引人看書，由通俗類或身心靈書籍開始會比較容易。

她會如何形容這裡的選書方向？可帶給讀者甚麼？

「無聊吧，」她放聲大笑，「看完書覺得好似學到一點東西，卻又講不出是甚麼，覺得心情舒服。」

4 | 5
6 | 7

4、5／新書展示桌上，有不少是本地獨立出版品。

6、7／本地手作品寄賣。

最初籌備書店時，Sharon 的搭檔捐出了大批書籍，因爲他本身喜歡閱讀，而且書本的質素也還蠻高的。同時，搭檔和她也去搜羅和篩選比較簇新的二手書，他們會去挑選近十年出版的書，因爲選材、書籍設計或用語等跟現時比較貼近，對讀者來說相對「容易入口」。除此之外，也有有客人捐贈書籍。

然後，Sharon 想，二手書以外，也要有新書吸引讀者，於是她嘗試向本地的出版社叩門進書，也有聯絡一些台灣出版社，「其實大家（出版社）也很歡迎有新書店，多一條出路讓他們賣書，有互助精神。」

「我希望透過書店提供一種閱讀體驗，很多人覺得自己讀書多年終於畢業，怎麼還會再碰書呢？其實拿起一本看似無聊的書，看著看著，心裡有些東西被戳中了，然後繼續追看，慢慢便會養成閱讀習慣。」

「在香港，人們都需要有空間做一些無聊的事情，可是一直沒有空間，現在（疫情期間）多了時間留在家跟自己獨處，反而可讓自己做一些無聊事情。我自己喜歡看『公仔書』（圖畫書），其實內容也可以很有意思，每本書都有它的價值。」

「我會形容這是一家『hea』（中文正字是「迆」），香港地道口語，泛指甚麼也不做，百無聊賴）的書店。香港人普遍精神緊張，上來看看書，處理自己的情緒也不錯喔。Hea 好像是很負面的事情，但其實在 hea 時，坐在一角甚麼也不做，就已是爲自己做了一件事情。」

## 本地獨立出版反映在地城市面貌

在店內逛一圈，可見其實各類型的書籍也有，較多的是通俗類、輕鬆小品，也有不少本地出版的書刊和文創精品。

「這一年有比較多關於香港的出版，可能因爲大家都困在香港吧，視線都回歸這個城市。」

Sharon 很支持本地作家，她說他們寫的書是香港這塊土地的寫照，閱讀本地出版的書，會認識更多香港城市面貌，也可知道每個年代在這裡所發生的事。

獨立出版社雖然沒有大財團投資，但他們選取的出版題材，往往更貼近社會脈搏，映照一個時代和社會裡讀者的閱讀需求與取向。

## 體現鄰舍守望相助的精神

跟 Sharon 說著說著，忽然有個男生打開店門，探頭進來，他看我們舉著相機和收音咪，提高嗓音問：「我要不要先梳好髮型、化個妝才進來喔？」

Sharon 笑了笑說：「別鬧了，你有事嗎？」

「我拿了三件甜點過來，怎麼樣，要吃嗎？」

原來這位男生是對面單位的租客，每當 Sharon 需要幫忙的時候，他從不吝嗇，也樂於分享資源。

人是群居動物，獨立書店以個體方式經營，想必相當困難，Sharon 日夜鎮守書店，慢慢與各方客人建立了情誼，有人會老遠跑來，有鄰居會送甜點過來，「很像舊香港屋邨，彼此的家門都開著，有種互助精神。」

8

9 | 10

11

8、9、10／讀者可以 walk in 前來，隨心看看書，這裡也提供訂書服務。

11／多元用途共享空間。

「這件事要大家去成全，始終自己一個做不了多少。我覺得生意是『生』的（有生機），現在這個大環境下，有計劃也不一定能按著去做，時機成熟便去做，將空間利用發揮到最好。」

## 成為人與人交流的空間

人與人的交流，是夕拾×閒社的核心，書店以外，這裡作爲共享空間，讓剛學有所成又找不到地方展示、販賣技藝的人，一展所長。

這裡會定期舉辦身心靈活動，Sharon 說，最初有一位朋友學催眠，成爲催眠治療師，很想有一個寧靜、有格調氛圍的地方，跟一些沒有太多零用錢的學生做輔導。我們開張後不久，他上來看，便開始用我們這個共享空間來進行治療，機緣巧合下，又引申至後來的冥想和音樂治療等活動。

「既然有需求，正好又有人覺得這裡合用，互相撮合，對的人便會走在一起。」

書店結合共享空間這個概念，也是基於生意考量——書店是比較靜態的空間，共享空間則是動態的，一靜一動，如果賣書賺不了錢，Sharon 說她即便不睡覺，也要努力約辦多一些活動。

12／花藝導師的作品。

13／本地創作的月球燈。

14／店裡的所有陳設裝飾，都由 Sharon 一手包辦配襯。

12 | 13
14

## INFO

### 夕拾 × 閒社
### Mellow Out

地址 | 九龍觀塘駿業街 60 號駿運工業大廈 14A
營業時間 | 星期一至日 12:30~21:00
fb | mellowoutzzzz
ig | mellowoutzzzz
開業 | 2020 年 6 月

# 閱讀時代 Hong Kong Book Era

## 見證閱讀時代的好與壞——花墟樓上小書室

// 有人跟我分享，書店某程度上是幫讀者去選書，我覺得這是其中一個現在書店存在的意義，也是我這一刻的方向。//



### 萬紫千紅中尋書

從前在花墟入口的街角有一家太平洋咖啡店，那裡有最好的景觀。花墟，是香港最熱門的鮮花市場。我愛坐在那轉角位置，看人來車往的風景，看走過的人拿著美麗花朵而綻放的笑容，一瞬以爲自己置身巴黎的路邊咖啡廳。

沒想到，在這裡會開了一家樓上書店「閱讀時代 Hong Kong Book Era」。

四四方方、光線明亮的，店裡一概採用訂造木質書櫃、書桌和靠窗座椅。目光所及的地方，都擺放了書本，還有兩個盆栽。其中一盆綠色植物是「夕拾X閒社」店主 Sharon 帶來的，另外一盆則是店主過年時買的粉黃色蘭花。

樓下人頭湧湧，賞花買花的人多得是，上到來書店，自是另外一個寧靜氛圍。

1／店內一列書櫃都是訂造的，木質色系統一。

2／窗邊一株正開得燦爛的蘭花。

## 不作空想的理想

不知怎的，可能受花跟書的配搭影響，總認爲 Hong Kong Book Era 的創辦人是個女生。沒想到，打開門，迎接我的，是一位眼睛大大、講話溫柔靦腆的男生 Eric。

店裡主要售賣香港出版品，也有不少台灣出版、及日本、外國文學。

Eric 本身從事 IT 工作，但一直有想開書店的念頭。二〇一九年香港發生一連串社會運動，狀況混沌，氣氛灰暗，「開書店，既然是一直想做的事，就提前達成吧。」Eric 笑笑說。誰都會寫 bucket list，能夠坐言起行，切實履行心願的人，卻沒幾個。

二〇二〇年八到九月份之間，Eric 先是開始經營網絡書店，進了書存放在家裡，大概十幾箱書吧，一邊看市場反應，一邊尋找合適的實體店舖。尋尋覓覓下，找到了現址花墟一棟商業大廈內的單位。

「你要是三個月前剛開業的時候過來，看到的模樣就很不一樣。」Eric 解釋，他本來主要進台灣書，工商、歷史、哲學、宗教類都有，而現在加入了不少本地出版，因爲想書店和出版業界互相支持，選書也更專注於歷史文化主題。

簽下租約後只有一星期免租期，他朋友的妻子從事設計工作，Eric 把基本想要的書店風格概念告訴她之後便動工，鋪地板、漆牆壁、訂造傢具等等，很快完成了裝修。

## 困難中學習好好經營

書店開業之初，《漫讀香港書店十年——我城閱讀風景》的作者 Paco 曾經來訪，並寫了一篇文章介紹。當時爲書店製造了一點迴響，前來一探究竟的客人很多，幾個月之後，書店人流便比較安靜下來了。

「在香港賣書，還是比較困難的事情。」

Eric 說自己最初的想法很簡單，「一本書跟一頓飯的價錢差不多，心想總可以叫人支持一下。」

知易行難，開業三個月，賣出的書量他說不算多。他並沒有怪讀者不買書，他說有業界前輩曾經講過，要站在消費者的角度思考，不付錢買一本書歸因很多，可能是太忙沒時間看，可能是家裡沒位置擺放。

「我希望讀者來到，買的書是對他有幫助的。」

如果你要買一本書，其實在網絡上按幾個鈕就可以買得到，那爲甚麼還要特地跑到書店裡呢？可能就是某一種理念、風格，可以讓付款買書這個行爲製造更多價值。

Eric 認爲，現在書店的用途不只是買書，可以是聚腳點，也可以是分享知識的地方。他正在嘗試以不同的方法吸引讀者來書店，例如舉辦與歷史文化選書配合的活動，也有跟其他書店經營者交流。

他說二〇二一年會全年舉辦一個圍繞香港歷史的講座系列，還會有像情人節的各地慶祝文化、電影講座，也會辦讀書會等。

「有人跟我分享，書店某程度上是幫讀者去選書，我覺得這是其中一個現在書店存在的意義，也是我這一刻的方向。」

「也有讀者跟我說很喜歡這裡的書，我覺得還有很多地方可以改善。書店仍然是初創階段，還在慢慢發展吧。」

3／社會、歷史、文化類選書。

4／有一書架齊備了張愛玲作品的「百歲誕辰紀念版」。

INFO

## 閱讀時代
## Hong Kong Book Era

地址 | 九龍太子道西 162 號華邦商業中心 1102 室（近花墟）

營業時間 | 星期一至四 14:00~20:00 / 星期五 14:00~21:00 / 星期六、日及公眾假期 12:00~20:00

fb | hkbookera

ig | hkbookera

開業 | 2020 年 12 月

# 貳叁書房 jisaam. books

## 三個女生與一個書房——分享關於閱讀的貳叁事

// 有很多年輕人不知道香港文學，他們上來可能只是想閒坐『打卡』，偶然在這裡看到本地文學作品，會有興趣會拿來看看，也是好事。//



### 誰說大學生不可以開書店

「貳叁書房」（jisaam.books）是由兩位當時還在讀書的大學生及一位剛畢業的大學生合資開辦。書店的經營與其販售的商品，本來就具有故事性，而每個故事，將深深啓發曾經到訪或往後因緣際會的讀者。

貳叁書房的故事，始於二〇一九年十月，它落戶在香港最繁忙的街道上——彌敦道油麻地段一棟商業大廈內的十二樓。書房有環繞半個單位的落地玻璃，陽光穿透進來，室內開揚，感覺寧靜恬適。

店正中央放置了一張大沙發，一整排矮窗台放上綿軟的布坐墊讓人休息、看書，這裡有著讀書人最愛的閱讀環境。

書房是三位女生的結晶。

Joyce 和 Sherry 是浸會大學人文學系四年級生，阿翹籌備書店時剛畢業一年，她在大學主修視覺藝術，畢業後兼職教授結他。Sherry 和阿翹在大學曾經是室友，住同一個宿舍房間。

## 補上一塊缺失的城市風景

「香港人不缺書，不缺錢，是缺空間和時間。」阿翹在一篇訪問裡曾經這樣說道。

啊，就是這句說話，正中心坎。

像人們說：「我工作太忙了，沒時間看書哪。」若是家裡水喉突然爆裂了，需要找二十四小時服務的師傅來維修，你會不會說沒時間處理，然後睡在水浸的家裡呢？

我愈來愈發現，世上並沒有「沒時間做」的事情，只有「沒放在心上」的事情而已。被我們視爲不重要的，沒優先去做好的那些事情，往往是我們的身體和心靈最需要的東西。

和世界各地許多大都會一樣，這裡人們的生活節奏跟彌敦道的交通一樣繁忙，沒有喘息的空間；也常掛在嘴邊「沒時間」，其實是沒有把時間花在眞正值得花的地方上，譬如尋求知識、人生價值和改變世界。

1

1／書房位於繁囂的彌敦道上，往窗外看，可見大廈密集的香港城市景觀。

而改變的動力是甚麼呢？

二〇一九年香港發生《反對逃犯條例修訂草案》運動，社會各處都有衝突，氣氛沉重。阿翹和 Sherry 覺得喘不過氣來，社會上似乎需要空間讓人「唞唞氣」（呼吸、休息）。同一時間，兩人快要畢業，要找工作，卻又不知道自己想做甚麼過往後的人生。怕做錯了決定，怕浪費時間在不喜歡的職業上，又怕放棄穩定工作連自己也養活不來，怕受社會目光批判……

同年暑假七、八月份，阿翹和 Sherry 到外地旅遊，當時社會運動漸趨熾熱，兩人不斷追看新聞，覺得自己錯過了一些關鍵性行動。

中學時想要開書店的想法突然靈光一閃過 Sherry 的腦海。她理想中的書店，比較像私人圖書館，蒐集大家喜歡的書。

然後，阿翹知道她教結他的音樂公司租下了油麻地一個大廈單位，而這正是現在書房旁邊的位置。阿翹看到空置的書店現址，快門一閃，照片傳給 Sherry，大家都覺得很不錯，隨即拍板開書房。

Sherry 隨後邀請 Joyce 來參觀裝修中的書房，當時 Sherry 與阿翹在爭論地板的顏色，Joyce 快人快語指向其中一種顏色：「就這個吧。」

二人立刻問她有沒有興趣一起當老闆，Joyce 爽快答應。當時她覺得，開書店或許是她實現獨立出版計劃的第一步，因爲寫作是她的強項，大學期間當過校內刊物總編輯，也曾出版過兩本獨立刊物。

## 三人行互補不足

因緣際會，三人一起協力籌備書店。Sherry 和阿翹的宿舍房間編號是「23」，而後來 Joyce 加入成爲三人行，故此書房取名「貳叁書房」。三個女生各擅長不同領域，阿翹醉心於藝術和音樂創作，Sherry 則鑽研日語；大家性格也很不同，阿翹與 Sherry 比較心思縝密，Joyce 則比較大膽直率，取長補短反而合得來。

「爲甚麼沒有爭執呢？因爲我們都很尊重大家想

2／貳叁書房的木刻名牌。

3／書房整體環境感覺舒適、親切。店內的建築結構有一條柱樑，本來不利空間應用，但店主們決定將這位置用作展示藝術品及推介書，我個人便非常喜歡這個角落。

做的事情，我們三個對於金錢觀也比較看得淡，勇於嘗試新想法，互相支持。」Joyce 說。

現在書房的運作如下——阿翹和 Sherry 負責日常業務營運，包括整理書籍、管理財務、經營社交媒體等等；Joyce 則負責公關事務，例如媒體訪問、出版事業、爲書店撰稿、聯絡作家舉辦講座及哲學堂等文藝學術活動；阿翹也會邀請音樂人和藝術家來表演和做展覽。至於選書、發想新企劃是大家的共同業務。

由於租金昂貴加上各種各樣的營業成本，大部分小書店的經營模式都是由店主獨力支撐，往往會有長年累月開店無法休息，生病了也得照常營業的困況。與此不同的是，貳叁書房有聘請兼職員工，三位創辦人用金錢換取更多各自的時間和自由，以多做別的事情或工作。

Joyce 解釋：「這樣對我們來說反而更好，請來的兼職店員比我們更會說書，更懂得怎麼與客人打交道、建立情誼。我們三個也有其他工作在身，我比較少出現在書店，通常有活動、做訪問或有空就會過來，而

Sherry 和阿翹則平日下午也會過來顧店。」

「幕後的工作很瑣碎，例如書源及財務管理、寄賣貨品交易等，也有一堆電郵要回覆，我們都是邊做邊學。」

## 書房貳叁事之一：個性與定位

貳叁書房主售文藝史哲新書及二手書，也有雜誌、外文書籍如英語小說及日本文庫本等，庫存更新速度以小型書店來說流轉很快，能抓住常客的眼球，照顧讀者需要。除了賣書以外，書店還有年輕藝術家的作品，也有自由定價的舊唱片出售。

「你也看到我們這裡書架不多，走一圈便看完。熟客經常上來，如果每次都是同一批書會很悶，要有新書吸引他們再來，幸好我們的書本銷售速度快，沒有滯銷的情況。」Joyce 說。

店內書架的確不多，主要按出版社陳列書籍，靠近店門以華文書籍爲主，另一邊放了些英文書，譬如藝術參考書籍、詩集、文學小說等等。我也留意到，架上有大量香港文學。

「第一我自己喜歡，第二很多作者都是我們的同業，或者是浸會大學的師兄姐。」Joyce 說。

「有很多年輕人不知道香港文學，他們上來可能只是想閒坐『打卡』，偶然在這裡看到本地文學作品，會有興趣會拿來看看，也是好事。」

「我們選書要不口味 hardcore（硬派、中堅學術書籍），要不迎合大衆（輕鬆、休閒書類），沒有中間那一層。有些回頭客上來看書，最初他可能拿起雜誌，後來慢慢會看詩集。」阿翹曾在一篇訪問裡分享說。

培養有質素的讀者也是很多獨立書店近年在做的事情。用咖啡與精品去留住客人可能是大型書店走的路，但獨立書店，就要走不一樣的路。阿翹所說一針見血，基於資金有限，創辦者必須清晰知道書房的定位，並從選書逐漸形塑書店的風格。

| | | |
|---|---|---|
| 4 | 5 | 6 |
| 7 | 8 | |
| 9 | | |

4、5／日本文庫本及文學書籍，原本是店主私人藏書、非賣品，沒想到很多讀者都喜歡。

6／香港文學選書。

7／中國歷史文化、政治、哲學、文學類書籍。

8／經典英文小說。

9／書房內的書櫃。

書房剛開業時，她們向朋友和客人回收二手書，二手書佔大部分書源。但文史哲範圍比較窄，也難收書，來源不穩定，往往賣出比入貨速度快，所以逐漸採購較多新書，她們會入台灣出版或者本地獨立出版社的書本。Joyce 說她們會先挑出版社，也讓員工挑選他們想看的書。

「我們有選一些經典著作，大家都會看的，如果你主打文藝史哲書店但又沒有《1984》，好像很荒謬吧。也有在學期間我們自己挺喜歡的作家，或者是我們教授所出的書，覺得莫名親切。」

也有些書是「誤打誤撞」走進書店，也帶來驚喜，例如《瘋癲文明史》便是其一。Joyce 喜歡欣賞一本書的封面，也會受標題而吸引，《瘋》是以醫學角度講精神病，內容豐富，博大精深。

另外，店內有售比較罕見的日本文庫本，這批書籍本來是 Sherry 的藏書，她本身研習日文之故，這些年來買了很多價格相宜的文庫本，沒想到她把日文版的日本文學放在書房，有很多讀者喜歡而且也會購買。

## 書房貳叁事之二：陳設與氛圍

談到書房的風格，「我們本來想走熱帶雨林風格哦。」然而，我在牆上看見的壁畫，是一個太空人和一顆月球，「因爲修讀視覺藝術出身的阿翹只想畫太空人！」Joyce 笑說。

如何布置一家店子，也是個人品味的延伸吧，而她們資金有限，很多時先看成本再作決定。而現在大家看到的書房面貌——地板是她們自己鋪設的；裝飾擺設是朋友的藝術作品；有些書櫃是親手製作的，有些是從二手市場買回來的，她們說，買的時候覺得很漂亮，放在店內也眞的有來訪的人說：「很漂亮噢！」

有新鮮感才能留住客人，Joyce 對我說：「可能你下次來，已經是不同格局。」

其實像現在簡約的裝潢便已足夠，一家書店有好書，有地方坐著閱讀休息，有飲料滋潤，已經滿足了我作爲讀者的要求。

10 ｜ 11
12

10／書房內設有餐飲小廚房，客人可以坐在沙發上優閒看書，也可點飲品喝。

11／除了是書店空間，這裡還會不時舉辦小型音樂會，只可惜疫情期間需要暫停。

12／揀選一本書，然後隨意拿個軟墊，坐下來靜心閱讀。

我最喜歡店中央放著的那張三座位沙發與小茶几，而且進店前要脫鞋，根本就像是到訪朋友的家嘛。你想想看，香港大部分人住的地方可能只有百多呎，這書房裡還有空調和豐裕的自然採光。在這麼一個舒適的空間內，吸引很多年輕客人上來「打卡」或聊天，放鬆身心。

而貳叁書房的店主和店員都充滿活力，她們經營的 Instagram 帳戶，分享書房很多有趣也「無聊」的事情，大家看了產生共鳴，也建立了書店的口碑。

## 書房貳叁事之三：艱苦與堅持

「很多人以爲我們是有錢女，其實不然。」Joyce 用半帶自嘲的語氣笑著說，我心裡有點莫名的戚然，「我們三個（創辦人）都有兼職工作，像補習、結他導師，家人也不太支持。」

書房開業不足一年時，有親友嘲諷說書店很快會變補習班，也會提醒結業的時候該把甚麼傢具搬回家……加上開業時社會運動正如火如荼，新冠肺炎又傳播到香港，書房好像在最糟糕的時段開張。

難聽的說話、難捱的處境很多，怎麼看待面對，便考驗著每個人的修行。

「有些人覺得我們很離地，還在讀書便跑出來創業，還要從事夕陽行業，可是又看到我們漸漸能夠維持下去。坦白說很多人以爲我們很快會關門大吉，結果我們捱了一年，讓他們看到經營書店原來是可以實現的事情，算是給別人正能量。」Joyce 繼續說。

經營一家書店，對三位店主來說，也是尋求自我的過程。她們本來沒想過這麼快面對社會，邊讀書邊創業，Joyce 說她做下去才了解到自己的長處是與人溝通，所以即使創業後也不喜歡長坐於店裡，反而較喜歡往外跑、談合作等等。

「書店是否眞的做不下去呢？其實不然，要看經營模式。」

「有些人標榜這裡是文青書店，我們其實跟其他書店有點不同，比較多活動；我們也沒有叫員工去打擾客人看書，客人來到店裡可以安靜地看書，你知道在外面找一個地方看書是很困難的事，希望客人進來不會尷尬，會覺得這是個可以消閒的地方。」

13／小店經營不易，大家要多多支持！

14、15／店內一些古物及藝術作品。

13 | 14
15

## INFO

### 貳叁書房
### jisaam.books

地址 | 九龍油麻地彌敦道譽發商業大廈 1202 室
營業時間 | 星期一至五 10:00~21:00 / 星期六、日 12:00~21:00
fb | jisaam.books
ig | jisaam.books
開業 | 2019 年 10 月

### 荔枝角分店

2021 年 4 月，貳叁書房在荔枝角以「xxxholic」爲主題開設分店。空間更大，方便舉辦活動，提供一個共享工作、閱讀空間。

地址 | 九龍青山道 489-491 號香港工業中心 B 座 7 樓 15 室
營業時間 | 星期一至五 10:00~21:00 / 星期六、日 12:00~21:00

# Bleak House Books 清明堂

## 清明自在於一隅——以香港為家、以閱讀了解我城

// 讀者支持書店，同時我們回饋。我們盡自己努力帶給社群有意義的書籍、文學和藝術，社眾也給了我們回饋反響。//



### 孕育思想交流的自由場所

有這麼一類書店——愛好閱讀或者文化圈子裡打滾的人，都認識並活躍於其中；提起它的名字，大家都會連連點頭。這類書店如同一本用心編整的作家合輯，編者從自己喜好出發，萃取對大眾有益、有趣和有影響力的作品。

書店同時扮演社區中「製造相遇」和「開放討論」的空間，店子本身不帶任何思想取態，反而像是個透明的玻璃瓶，容納各種文化、膚色、宗教、政治立場、價值觀、家庭背景、學歷和年齡的人表達心中所想，彼此有互相傾聽與學習新事物的機會。

英文書店「Bleak House Books」（清明堂）便是這樣的存在。

### 獨立書店的可貴之處

「對話」與「討論」奠定了書店整個自由開放的氛圍。無論誰來，創辦人 Albert 都歡迎大家的聲音，他也覺得這是獨立書店有別於大型書店的定位，由個體去經營的書店可以自由選擇書籍題材、來源，可以舉辦多元化活動，更迅速靈活去回應社會當下需求。

我想起美國洛杉磯獨立書市比連鎖書店更多景象，也想起三藩市連綿不絕的 LGBTQ 書店，它們無一不強調「獨立自由」的珍貴價值。

我看到的是，人們透過藝術與文學創作抒發對當下時勢的觀察與感懷，在鼓勵發言的書店空間裡安心表達個人意見。

## 轉業書店經營之心路

或許跟店主 Albert 的成長背景有關吧，父母是香港人，於七十年代移居美國，他出生於紐約，在當地土生土長，同時也受家裡潛移默化的華人文化影響，是很典型的「移民二代」。有些人戲謔是「香蕉」——外表是黃皮膚，而內裡價值觀和生活習慣是美國白人。我覺得這個稱呼不太尊重人的個體性，可是它帶出一整個世代數百萬人口的身分認同矛盾。

而 Albert 也因爲家庭壓力，大學時從英文系轉爲修讀金融專業。「安穩」是移民家庭的父母最想帶給子女的東西，偏偏社會變化不斷，人所追求的東西也因爲戰爭遠離而開始改變。Albert 畢業後在金融界工作了一陣子便辭職投考法學院，後來成爲執業律師並搬到亞特蘭大自立門戶，專門處理刑事辯護和民權訴訟案件。

執業大約十年期間，Albert 說他就像走進了別人的生命，也體會到那些生命中的痛苦掙扎。最教人無奈的是，發生了可怕的罪案如二〇一二年的 Sandy Hook 校園槍擊案，數十名師生白白送命，事後社會政策卻沒有任何改變，威脅市民人身安全的無力恐懼感仍然存在。

Albert 與妻子是美國公民，他們也有點擔心兩名子女的成長安全。適逢二〇一六年尾妻子獲聘於香港某大學教書，於是夫妻二人隨即決定舉家搬遷到香港。

「當時我想，在律師生涯裡已經做到自己想做的事，轉換職業也不會後悔。從小到大我也喜歡看書，所以開書店是個不錯的選擇，不過我從來沒做過零售生意，會是個挑戰。」Albert 說。

在美國生活期間，Albert 只是偶爾來香港探親、旅遊，對這片土地認知不多，還未建立深厚感情，「開書店是個機會，讓我認識香港、了解社區，因爲這意味著你要面向公眾社群，人們來店裡買書、聊天聚腳、參加活動。」而 Albert 也覺得書店是一個讓他回饋社會的方法。

## 挑書、選址與空間應用的靈感

要怎麼透過書店認識、了解及回饋香港社會呢？

你一進入 Bleak House Books，便會看到香港作家的新書及文化雜誌。這裡設有「香港」專題書區，展示本地出版與藝術創作，蒐羅香港歷史、傳記、故事，主要是英語作品，但也有華文書籍。此外，也有各種出版選題，上至天文、下至地理，也有兒童和青少年讀物、大型繪本、漫畫、Penguin 出版社經典叢書等等。

「現在我們的網站上有大約五千多本書，還有店面和倉庫有些沒有列入資料庫裡。我希望提供高質素的文學，而不是你在機場書店信手拿來打發時間的書。」

店裡賣的書某部分反映出 Albert 人生之中不同時期的閱讀口味，比方說《*Peanuts*》、《*Spider Man*》、George Orwell 的小說以及法律著作，書店就像是店主本人的書房的延伸。

Albert 說他選擇一本書的時候，可能是因爲認識作者，有時候覺得主題有趣，或者是封面漂亮，沒有一套特定準則。他也說時間久了，慢慢就知道甚麼類型的書比較好賣，例如哲學、歷史類也很受讀者歡迎。

「我們這裡也有一批七十年代航空旅行家愛好的故事書，這批書都破舊不堪了，卻很有味道。」

剛開書店時，Albert 到美國搜購大量二手書回來，

1／書店原址還沒有進駐之前的面貌。（圖片由 Bleak House Books 提供）

2／店主 Albert 希望可讓書店成為一處「社區空間」，除了書本零售，也是一個容許多元聲音存在的活動場所。本來只是個空白無一物的長方形單位，Albert 和太太從零開始，用書架、圓桌和地氈，把空間劃分出不同的功能區域，每個位置用途清晰，讓客人從進門口開始，便可以沿著一條隱形動線去理解書店。

1

2

有些是從圖書特賣會、有些是書店倉存太多轉售而買下，「我親自去挑選書本，現在有比較多人知道我們的存在，有人會拿書來賣或者直接捐給我們。」

「一開始我們賣舊書比較多，可是香港的二手英文書量比較少，而且殘舊，因爲天氣潮濕吧。現在主要是85%新書，15%二手書。我們經代理商購入新書，也有和本地出版社合作。因爲現在很難去外國買二手書，而且多了客人認識我們，賣新書的風險沒之前那麼大。」

Bleak House Books 在二〇一八年一月於新蒲崗開業。最初 Albert 只是在網絡上賣書，他住西貢，有時候也會和妻子在該區和愉景灣等擺書攤，維持了大概一年半，然後找到現在這個單位。

新蒲崗並不是一般人會去逛街的地方，會來的訪客都是識途老馬，或者看到報道慕名而來。雖然這邊也有一些文化單位的辦公室，例如香港文學館、文學雜誌《字花》等等，可是平常來說都是工業區上班族和貨倉比較多。Albert 選這一區，純粹因爲方便他來往家裡，他也喜歡這裡的環境，街上不會太擠逼，租金也比較便宜。

進到書店裡，暗黃燈光配合播放著聲量剛好的樂隊音調，走到一排靠著整面牆壁、高至天花的胡桃木書架前，已不想多說話，只想安靜地一頭栽進沉穩的書海裡。

若你帶小孩子同來，他們必然會跑到兒童書架前流連忘返，然後朝豆袋沙發一個屁股坐下去。

我幾乎一進去便留意到正中央一個黑色書架，很像以往在中環擺花街已結業的二手英文書店 Flow Bookshop 裡的書架。一問之下，原來眞的是 Flow 店主轉賣給 Albert 的，眞是有趣的緣分！

Albert 說，書架上的陳列書本會定期更替，以帶給客人新鮮感。

作爲開放討論的社區空間，店裡也會舉辦多元化活動，包括學術研討、讀書會、詩會、新書發布、講座分享等等，也試過有中學老師帶學生前來進行閱讀活動。

## 一步步建立書店與讀者的連結

目前書店主要由 Albert、他的妻子、經理和一位義務店員打理。如果你有關注他們的社交媒體帳戶，會看到每天都有發文介紹書本或者分享一些書店小故事，藉此與客人保持交流。

Albert 說一開始他只用 Facebook，完全不懂用 Instagram，後來慢慢邊做邊學。社交媒體上的發文多由他操筆，可能因爲之前是律師也修讀英文系的關係吧，他自己很享受「寫作」：「我喜歡寫東西，也覺得很有趣，對我來說是與讀者連結的方式。」

他也花了不少心機建立網站上的書籍資料庫，有書本的詳細介紹及價錢，「二手書價格通常不菲，一定要有多些資料，說明書本的狀態以及內容等等，否則人們在網站看到這些書，會奇怪爲甚麼有些這麼昂貴，有些卻很便宜。」

一路走來，Bleak House Books 逐漸累積了一群愛書的忠實客人，「最近有些讀者特意登門造訪，說

3 | 5
4 | 6
  | 7

3／Albert 很喜歡英國出版社 Penguin Books，放在收銀處旁邊、印有書店名字的海報，模仿了 Penguin Books 的書籍封面設計，非常有趣。

4／小孩子最愛的童書位置，有豆袋沙發和適合孩童高度的書架。

5／黑色胡桃木質書架，貼上了推介書籍的手寫小紙條，有很典型的美國社區書店味道。

6／二手英文書店 Flow Bookshop 結業時轉售給 Bleak House Books 的書架。

7／Albert 喜歡題材較輕鬆的書種，例如故事書，但同時也會閱讀嚴肅的題材作平衡。他在紐約生活時，常常逛 Lower Manhattan 的 Strand Bookstore 及 Brooklyn 的 Heights Books。

他即將離開香港，這些人一直追蹤我們，離開之前想打個招呼，也說有些書想捐或賣給我們，這件事情也是蠻感慨的。」

## 成為彼此需要的夥伴

「頭一兩年，我都在用自己的儲蓄應付書店開支，直到最近吧，才開始接近收支平衡。」Albert 輕描淡寫地形容書店的財政狀況。雖然是意料中事，但每次聽到書店店主勒緊褲頭咬牙經營，心頭都會一冷，也會想做更多以保存這些大家都喜愛的書店。

「日常業務的確有點累，不過我很高興每天看見書店還在營業，而且愈來愈多讀者知道我們的存在，喜歡我們的書和活動。」

「我覺得這是雙向的：讀者支持書店，同時我們回饋。我們盡自己努力帶給社群有意義的書籍、文學和藝術，社眾也給了我們回饋反響。（"We do our part to bring books, literature and art to the community, but the community also gives back."）」

我記得曾經看過一件由 Jorge Méndez Blake 創作的藝術品，照片裡面是一大幅紅磚砌成的牆，正中央隱約見到磚頭像變形的骨骼那樣拱起了一部分，仔細追溯，才發現是最底的兩塊磚頭，被一本書硬塞進去，墊高了，也就破壞了牆的結構。這個藝術作品強而有力地道出一本書的力量。

正如洛杉磯 The Last Bookstore 強調的一句說話："What are you waiting for? We won't be here forever."（「你還在等甚麼？我們不會永遠都在。」）

書店憑此理念，努力建構愜意的閱讀空間，讓作家、讀者、出版人，在這裡積極進行文化交流，正等待你隨時到訪。

【編按】
二〇二一年八月二十九日，清明堂（Bleak House Books）店主 Albert 於社交媒體宣布，出於決定舉家離開香港的原因，書店將於十月中結業。

8／店內購物滿 HK $500，可獲贈印有 Bleak House Books 標誌的帆布袋。

9／二手書及明信片角落。

## INFO

### Bleak House Books
### 清明堂

| | |
|---|---|
| 地址 | 九龍新蒲崗八達街 9 號 2705 室 |
| 營業時間 | 星期一、三、四 12:00~18:00 / 星期二 14:00~19:00 / 星期五 10:00~19:00 / 星期六 11:00~19:00 / 星期日 12:00~17:00 |
| fb | bleakhousebooks |
| ig | bleakhousebookshk |
| web | www.bleakhousebooks.com.hk |
| 開業 | 2018 年 1 月〔2021 年 10 月中結業〕 |

# 紙本分格
# zbfghk

## 一切由相信與熱愛漫畫開始
## —— 從紙上格子走進實體書店

//「紙本分格」就是於紙張上呈現的固定大小分格畫面，這也是最為接近漫畫家希望呈現給讀者的模樣。//

### 因喜歡漫畫而成為合夥人

眞的很仰慕那些能夠畢生熱衷並專注於一件事情的人。創作漫畫如是，追看連載漫畫看到老的讀者如是，喜歡漫畫到開實體店者如是。

而任何創作都是雙向的——出版一部漫畫，拍一部電影，甚至開一家店，是創作者的心血，由此也巧妙遇上和帶動受眾的喜愛與共鳴。

對事物的喜愛到了某個境地，身邊的人會切實感受到，也會隨之被吸引過來，這也是我對「紙本分格」(zbfghk) 的詮釋。

紙本分格的專頁於二〇一五年由當時從事平面設計的ＥＴ及Karman創立，純粹基於兩人對漫畫的熱愛。

男主理人Karman本身非常喜歡日本漫畫家井上雄彥，於二〇〇九年開設了Facebook專頁推介他的作品和週邊資訊。然後，二〇一三年舉辦了「井上雄彥——非官方浪客行展」推廣其作品，當時紙本分格另一位創辦人ET來參加活動，由此二人互相認識了。

後來ET開始經營另一個關於日本漫畫家松本大洋的專頁。而由於兩人想分享更多其他漫畫家的資訊，於是決定成立專頁「紙本分格」，除了介紹漫畫資訊外，也推廣實體漫畫與紙本設計。

1／井上雄彥的漫畫作品。

2／松本大洋的漫畫作品。

## 一步一步描繪出天地

兩位創辦人於港台媒體撰寫漫畫相關文章，也舉辦小型漫畫分享會及講座，並涉獵各項出版企劃，期望與不同的漫畫家合作推出具個性的實體漫畫印刷本，他們也會到外地參與漫畫節。

有一次，台灣大塊文化邀請紙本分格寫一篇松本大洋漫畫《惡童》的介紹文，並設計海報、小冊子等等。紙本分格在香港配合宣傳以外，也開放讀者訂購。而消息公開後，愈來愈多人訂書，於是他們便開設網絡商店，反應踴躍，光是處理訂單和送件已應接不暇。

二〇一九年他們和朋友的設計公司合作辦 pop-up store，當時很多人說：「不如你們長期開店吧！」到了二〇二一年三月，紙本分格實體店終於開張。

ET笑著說：「其實我們從成立專頁到開實體店，是六年的時光，進程比一般人來說是慢了點，畢竟有些人要開店可能很快。慢慢來，自然一點就好。」

## 甚麼是「紙本分格」？

「紙本分格」的意思，正正就是翻開實體漫畫書看見的樣子——Karman和ET相信漫畫的力量，也熱愛紙本漫畫。一般來說，漫畫的書度大小已經有設定，漫畫家在起稿時按照左右開頁這個框架，想像印刷出來後，畫面在讀者眼前以怎樣的方式展現。「紙本分格」就是於紙張上呈現的固定大小分格畫面，這也是最爲接近漫畫家希望呈現給讀者的模樣。

開店推廣實體書，是因爲電子屏幕始終傳遞不到印刷質感、紙張手感與顏色觀感。

Karman說：「我喜歡看紙本漫畫書，閱讀時是自己和書的獨處空間，用手機看會有其他干擾，而看紙本書才是看書。」

而因應電子化世代閱讀模式的改變，出現了內容縱向排列的「條漫」，與傳統漫畫的分格不同。

「我們不會反對任何一種漫畫，最重要是挑選一個合適的媒體。」Karman解釋，畫分鏡其實要花很多心機，讓讀者自然摸索到閱讀動線，知道從哪個畫面開始看起，微小如改變漫畫的直度（portrait）或橫度（landscape），也會影響閱讀體驗。

## 實體店的陳列空間

紙本分格實體店有一半面積是Karman和朋友合夥的工作室，而其餘是開放給讀者的空間。

正中一張展示檯和左邊兩個書櫃，擺放正在售賣的書本，以及自家出版品，每一本都有樣本供讀者翻閱，可以先看個夠才決定買不買。右手邊有三個書櫃，還有沙發旁邊的畫集專區屬閱讀區，採取自由定價制。

而白色L型牆屬小型展覽位置，將來陸續會跟其他漫畫家合作出版或設計產品，成爲一個展示作品的空間。

「除了開書店，我們還爲漫畫家出版紙本書，這是我們喜歡做的事。」

3
4 5
6 7

3／「相信漫畫」──是紙本分格的成立理念，由最初經營專頁到開設書店，經歷六年時間，踏進實體店內，可見空間規劃格局清晰。

4、5／「紙本分格漫畫計劃」出版作品。

6、7／展示檯上陳列的選書，還貼有手寫推介文小卡片。

## 因為喜歡而奇遇……

做自己喜歡的事，走自己想走的路。Karman 和ET經常有新的企劃，不會限制自己只做某些事情，而是不斷做自己喜歡的事。有一次，ET要到外地參加漫畫展，乘搭的班機延誤一小時，她便在機場禁區內閒逛。途中，她看到一個印象熟悉的身影，原來是香港漫畫家柳廣成，她便主動過去搭訕。

柳廣成提到自己即將出版新書，但印刷初稿的質素不太滿意。後來他回到香港，正式邀請紙本分格合作，重新設計和監印他的新書。

「自己喜歡的事情就想嘗試一下，有機會做也開心。」他們說。

我覺得，用心去做熱愛的事情，那件事的美好本質會慢慢被人發掘、看見。像ET一直有整理松本大洋的漫畫資訊（archive），也有做其出版作品的時間線，當台灣大塊文化買下了松本大洋的作品出版權，準備推出松本大洋漫畫的繁體中文版，而且希望同時印一個特集介紹作品及時間線，便找上了ET編寫及設計，讓粉絲和大眾更加了解這位漫畫家和其作品。

「這是我沒有想過會發生的事。我做 archive 純粹因爲喜歡，沒想到可以幫助推廣實體漫畫。」

「當初開專頁，因爲覺得松本大洋在香港沒甚麼人提起，其實很多人喜歡他，但沒有討論機會或者交流。」

現在有了實體店，會有讀者拿自己的珍藏上來分享，甚至與他們成爲朋友，之前本地漫畫家朋友利志達辦展覽，也有上來幫忙準備展場。

## 製造人與人相遇之空間

我問兩位，經營紙本分格專頁以來最開心的事情是甚麼呢？

ET說，像先前提及松本大洋漫畫《惡童》的活動，那次有許多香港粉絲出席。有一個人帶了一對漫畫公仔裡的其中一隻過來，另一個人碰巧帶來了另外

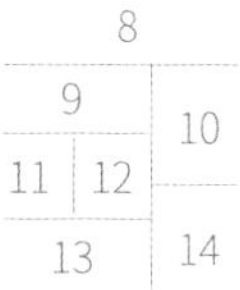


8／兩位創辦人喜歡和漫畫迷交流。

9／紙本分格重視並經常向讀者推介香港漫畫。

10／店內掛了不少漫畫海報。

11、12／漫畫家麥少峯的隨筆及紙本分格為他出版的作品。

13／MANGAAKS 企劃：與本地漫畫家利志達合作推出的超短篇漫畫《同門之聲 BIG TIME》。

14／到訪時，店內正展示利志達的《同門之聲 BIG TIME》漫畫作品。

一隻，於是二人立刻拍照留念。

Karman 接著說，有時候會聽到店內客人的對話，像是一個人在看某一本書，另外一個人會搭訕說：「我也有看過這本！」然後一起聊天。而像訪問前一天，有位讀建築的客人想看舞台設計的書，他便介紹了相關畫集給對方。

「這些都是有實體空間才可以做得到。」兩位點點頭說。

## 即使吃力，自己喜歡就是最好吧……

「好累哦！」試業一星期，剛好是復活節五天公衆假期，兩人直呼喊累。

「以前以爲開漫畫 cafe，可以邊看漫畫邊顧店很美好，但這星期以來，我們坐著看了幾頁漫畫，又要處理事情，其實沒那麼悠閒呢。」

不過，喊累的同時，二人的臉上還是掛著由心而發的美麗笑容。

以下是他們在專頁上寫下的開業感受，簡單幾句卻非常動人：

「有些朋友會問我們，爲何會在如此艱難的時勢，才開始營運實體店。反而正正是這時勢，不如先做自己喜歡的事情吧。這是當下最直接的感受。」

在此引用欅坂46《Silent Majority》的歌詞：

〃你有著用自己的方式活下去的自由
別再受大人們的支配
假如從一開始就選擇放棄的話
那我們又是爲了甚麼而生於世上呢？
未來是爲了你們而存在的。〃

欅坂 46《Silent Majority》YouTube MV

15 | 16

15／漫畫《四葉妹妹》內的角色紙箱人阿愣，如有興趣購買「自由定價」專區的漫畫，可自行向阿愣投入錢鈔。〔圖片來源：紙本分格〕

16／貨存已缺的漫畫書，仍會放有一本陳列樣本在「只看不賣」的書架上，讀者想買的話，紙本分格會幫忙訂購。

INFO

## 紙本分格 - 實體店 zbfghk

地址 | 九龍觀塘敬業街 65-67 號敬運工業大廈 11 樓 A 室
營業時間 | 星期三至日 15:00~21:00（星期一、二休息）
fb | zbfghk.store
ig | zbfghk.store
web | zbfghk.org
開業 | 2021 年 3 月

# 大業藝術書店
# Tai Yip Art Bookshop

## 文化人與藝術家之書庫——立足香港的東方藝術書店

// 書本可以開闊人的眼界。特別是香港歷史書，希望可以在市場上流轉長一點時間。//



### 逾四十年歷史的藝術文化藏書閣

到訪大業藝術書店當天，我有點小遲到。傳了訊息給現任店主鄭天儀（Tinny），得到的回覆是：「慢慢來啊，我一直都在。」書店面貌更迭迅速，此時有一位店主在已有四十多年歷史的書店等候光臨，一陣溫暖感湧上心頭。

大業藝術書店創立於一九七五年，號稱是香港品種最齊全和最專業的東方藝術書店之一。曾經有四家分店，其中在尖沙咀藝術館旁邊的「大業藝苑」，面積接近三千平方呎，以前在香港很有名，即使你不是藝術愛好者，提到藝術館旁邊的書店，一定無人不曉。後來書店搬家三次，曾立足於中環擺花街、閣麟街、以及現址大廈也搬過一遍。

二〇一九年，書店創辦人張應流先生正式易手，交由 Tinny 接手管理。先說一點點 Tinny 的背景——她曾經在幾份報章擔任財經和副刊記者，也創立了藝術文化媒體《*The Culturist* 文化者》，多年來累積深厚的採訪經驗，包括國學大師饒宗頤、藝人周星馳等等。

從小學習工筆畫的 Tinny 對藝術有濃厚興趣，也喜歡聽和寫人的故事。中學時代已經常常逛大型書店，也是尖沙咀大業藝苑的常客，前往打書釘、跑展覽。當時她還三不五時要求老闆爲她拆開封書膜讓她看書，卻很少付錢買下。後來在中環陸羽茶室巧遇對方，終於有機會加深認識，怎料一拍即合，此後兩人常常相約喝茶聊天。

某一天，張應流突然問 Tinny：「你會接手管理書店嗎？」

正在品嚐點心的 Tinny，停了一頓，以爲他在開玩笑。

「認眞的，如果你不做，大業書店到了三月份就會關門大吉了。」過萬本藝術珍本，隨時會流落街頭。

Tinny 回家查看銀行存款，銀碼不高，但可跟朋友合資，湊成一份，就這樣買下了大業藝術書店。

1

1／大業藝術書店位於中環一棟商廈的 3/F。

## 藝術愛好者的尋書寶庫

二〇二一年，大業步入經營第四十六年。香港老舊的書店每年一家又一家消失，有些抵不住昂貴租金，有些追不上網絡文化變更，剩下來的十根手指頭數完。這個時候我又想起西環精神書局的口號：「迎難而上」。

Tinny 說，現在經營一家書店的確困難，中環租金相對較高，還要兼顧租倉庫成本。讀者買書多半先想起旺角的樓上書店，也不會專門來中環。不過這邊也是藝術集中地，以前很多藍籌畫廊、藝術工作室，也有很多瓷漆器、古畫收藏家愛在這邊流連。

我本身不太熟悉藝術書類，這次就請 Tinny 爲我講解一下。

原來藝術書大概分三種，第一種是 artist book（藝術家書），書籍本身就是藝術作品，藝術家透過書本來作出表達，這一類在香港比較罕見；第二種是一般藝術書籍，像攝影集、作品結集等；第三種是評論。

「我希望對藝術有不同程度興趣的人，來到大業都可以找到喜歡的書。」

## 藝術就在生活文化之中

大業的書本分類仔細專門，藏書齊全，從考古到書法、從陶藝到瓷器等類別都有涵蓋，現在中環店展示出來的書量只有倉庫的十分之一。以前店內比較多 high art（高級藝術）書籍，Tinny 接手後，採購了不少比較貼近社會和有關香港歷史的選書，譬如其中有一本書講及二十八位港督的故事。

Tinny 說：「我很想書店有『香港』的元素。」她進了一批推廣香港藝術的書，香港很少有書店會這樣做，可她覺得，反正賺不了錢，倒不如滿足自己的喜好。

「很多書本的流轉壽命愈來愈短。現在不少新書剛推出幾個月作展示後，銷量不好就立刻擺上書架，甚至直接退書給作者或出版社，但我們很少退書。」

2 4
5
3 6

2／甫踏入書店，便會看見新書及推薦書籍展示桌。

3／「關於香港的出版物」專題書櫃。

4／店主 Tinny 認識不少藝術家和作者，會邀請他們前來書店在書上簽名，店內有不少珍藏簽名本。

5／藝術家書畫冊。

6／ Tinny 喜歡為前來的客人細說書籍背後的故事，讓人與書之間，多一份聯繫。

「我覺得，很多書都要經歷時間才找到伯樂，例如上星期我在倉庫裡找到一本書講潛水艇，關於美國海軍的潛艇。我在想，到底有誰會買這本書呢？碰巧上個禮拜有位女孩子過來，她居然是研究潛艇的，還跟我們說：『我等這一本書等一輩子了！』」

「有些書十年之後還是會有價值，我希望以後講香港歷史的，不止是教科書，有平衡的聲音。雖然我們是藝術書店，但我覺得藝術包含文化，文化包含藝術，其實生活便是文化，買棵蔥也是文化。書本可以開闊人的眼界。特別是香港歷史書，希望可以在市場上流轉長一點時間。」

## 細說書本的來歷與故事

從記者經歷到書店經營，Tinny 看事情有她獨特的角度，重視每個人、每件事背後的故事。一般人看書，會看它的暢銷程度，Tinny 會看得更深入——書籍創作的過程。

「出一本書像生小孩吧，所以我很喜歡了解書本的製作過程。無論誰來書店，我也會跟他們說書的『前世今生』。其他獨立書店或許不會刻意推銷書籍，可是我會講很多關於書本身的故事。」客人有興趣，買走了書，也就是幫助了書的流轉。

她說例如有一套書，花了五年時間來製作，涵蓋過千件藝術品照片、畫像和描述，「我認識那位收藏家，他找大師來拍了一輯照片，但是質素不滿意，重新找另一個攝影大師來拍照。例如畫一個杯子，不只外面，還有裡面也畫得仔細。他聘請了內地畫古董最厲害的兩位藝術家來作畫，然後每一件藝術品找一個博士生來寫歷史及研究成果。」Tinny 邊說邊露出讚嘆的神情。

「這些故事在大型書店的店員未必會跟你講，收藏家也不會講，但我覺得有需要讓讀者知道。」

另外，Tinny 說香港有位畫廊主人爲了出版一本關於畫家趙無極的作品，他不斷來回德國與香港，就是爲了挑選書本的紙張、進行攝影等等，出版後幾乎

7／作家董橋為店名提字。

8／這墨寶出自香港著名飲食評論家蔡瀾。

7 | 8
9
10

9／Tinny 曾任財經和副刊記者，也創立了藝術文化媒體《*The Culturist* 文化者》，於二〇一九年她開始接手管理大業藝術書店。

10／Tinny 的丈夫馬召其是篆刻藝術家，平日也會跟她一起打理書店的事務。

全世界有擺放趙無極作品的博物館也有買這本書，但在香港卻沒有人知道。

「有很多東西是香港很有名的，反而本地人不知道。」Tinny 希望把這些故事說給更多人聽，書店便是很好的管道。

疫情來襲之前，有些作者、藝術家、收藏家、熟客上來，會沏茶聊天。大家圍坐沙發上，晚上喝杯酒，書店正好是個文人聚會交流的空間。「在這裡工作，我認識到很多人，教了我很多東西。我也鼓勵別人跨界閱讀，看平時不會看的書。」

Tinny 還分享了讓她印象深刻的書店經營故事。

曾經有一位客人是外國女士，他的丈夫是大法官，他過世以後，這位女士拖著一個行李箱的書來店裡說：「這些書都是以前在大業買的，你可以代為接收嗎？因為我怕觸景傷情。」後來 Tinny 和丈夫還專程到西貢去探望這位女士。

「有些作者的書不太被珍惜。像《垃圾人》這繪本，早前大眾書局結業，作者被退回很多書，現況和書名有點諷刺，他問我可不可以接收這批書。我答應了，想方法推銷，也有參加網上書展，結果反應很好。」

「另外有一本是馬素梅博士寫的書，她七十多歲，還到處跑寺廟研究簷篷上的『公仔』（裝飾）寫書。這些書是她畢生的研究心血，然而圖書館不要，其他書店也不賣，我看到書覺得很特別，所以請她拿書過來，想不到她和丈夫親自拿背包揹書過來，那個畫面我還記得。」

即使到現在自己忙於經營書店，Tinny 還是常常去逛圖書館和其他書店。

「從小到大我都愛看書，書本對我來說像必需品吧，像牙膏牙刷一樣重要。」

10

10／不少別具意思和價值的畫冊和書本，因為不同的原因而在其他書店被下架，Tinny 說，很多時書本都需要時間等待與有緣人相遇，例如這本《垃圾人》繪本，流轉至大業而獲得了重生。

INFO

## 大業藝術書店
## Tai Yip Art Bookshop

地址 | 香港中環士丹利街 34-38 號金禾大廈 3 樓 02 室
營業時間 | 星期一至日 11:30~21:00
fb | taiyipbook
開業 | 1975 年

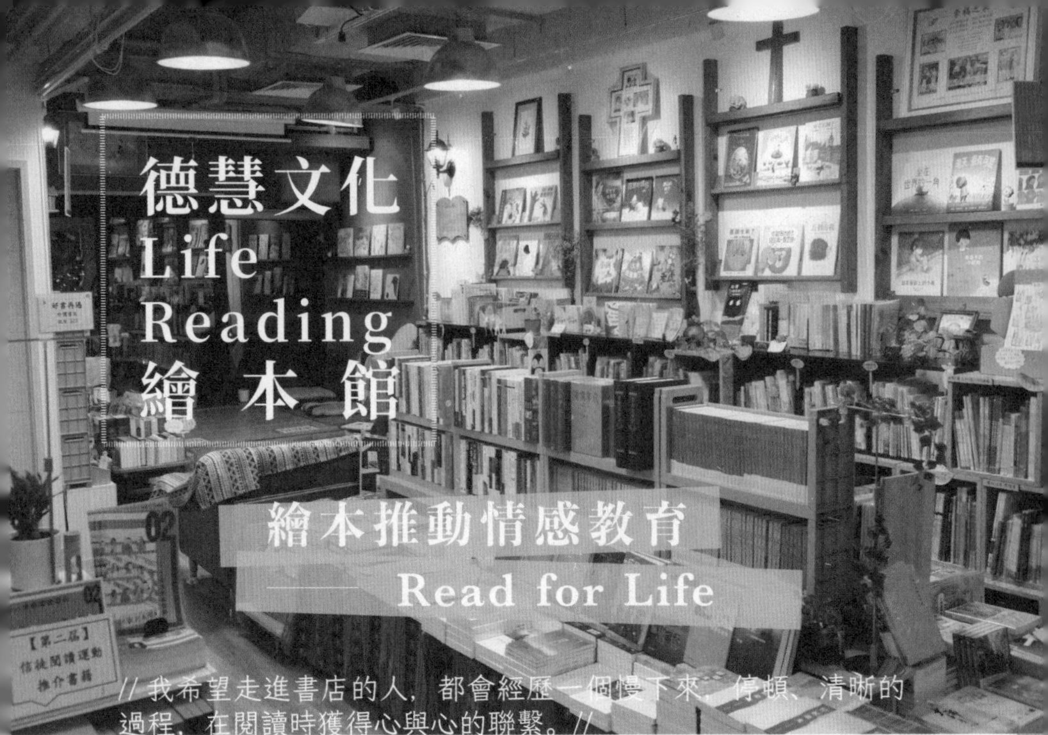


# 德慧文化 Life Reading 繪本館

## 繪本推動情感教育 —— Read for Life

// 我希望走進書店的人，都會經歷一個慢下來、停頓、清晰的過程，在閱讀時獲得心與心的聯繫。//



有位母親上來為兒子買繪本，「請問有關於生死的繪本嗎？」原來她的丈夫剛過世了，想找一些書給小孩看，撫慰情緒。

我特意選了三本介紹，其中一本繪本名叫《送給爸爸的信》，「這幾本書都很適合你，不如你坐在這裡慢慢看吧。」

然後我便埋首工作，店內除了播放著緩慢輕鬆的音樂，環境非常安靜。

「這幾本我都想買下來。」

呃？抬頭一看，原來已經過了半小時。

她露出了艱澀的微笑，「謝謝你，真的很感謝你。這段時間面對各種各樣事情，沒有一刻能夠安靜下來，每逢晚上也輾轉難以入睡。剛才一個人看書，是我在這段日子裡唯一能喘息的時間。」

沒想到半小時的閱讀時光，這個書店空間和幾本繪本，讓這位媽媽讀者放鬆了心情，幫助療癒了一顆親人過世後受傷了的心。

## 翻開那本明白心事的繪本

「德慧文化 Life Reading 繪本館」的店長 Helen 跟我分享了以上這個故事。

我聽著，每字每句都打動到心坎裡。

到訪過很多書店，聽過很多從業員的分享，當中印象最深刻的，永遠都是書店裡人們與書本相遇的故事，這些故事爲書店空間賦予更細緻立體的意義。

一個處所，就以一個人的住所來說吧，本來只是一所冷冰冰的房子，而有人住進去之後，或許裝潢設計是由你一手一腳包辦，或許你跟好朋友第一次吵翻天之後就在這裡哭得要命，或許你從談戀愛、結婚跟生小孩建立自己的家庭，就在這個四方盒子裡發生，這所房子因爲這些經年累月的故事，成爲了你現在稱爲「家」的地方。

至於一間書店，箇中一定蘊藏著更多以「人」來構成的風景。

「在這裡，人與人因爲書本而相遇，彼此不需要說明太多。遇到對的書，那本書自然會跟人對話。」Helen 說。

## 搬遷幾遍仍不忘初心

這次我是跟德慧文化的老闆娘兼創辦人陳張慧嫈女士、以及店長 Helen 訪談。

一直有在 Facebook 追蹤本地獨立書店的消息，有一次按進某個書店的頁面，跳出了「德慧文化 Life Reading 繪本館」的推薦專頁，見到這家書店有舉辦給大人和小孩的主題讀書會，也看了幾篇書籍分享帖文，感覺經營者是有心人，重視閱讀對生命的影響。

原來早在二〇〇七年，德慧文化便在荃灣德華街開設了一家有大約四千平方呎的書店，以基督教團體爲背景，除了有信仰書籍與精品外，還設有一個小型繪本閣專售兒童讀本及親子讀物，當時他們已熱衷於推廣繪本閱讀，希望透過繪本開啟大人與小孩的情感世界，藉由閱讀圖像故事，看到別人的經驗和處境，幫助疏通讀者本身在情感上給堵塞了的窒礙處，獲得心靈上的啟發、令鬱結得到排解。

書店經營，在財政上從來都不容易。當時每月租金大概十萬元，是筆不輕的開銷。兩年後，他們搬到荃灣地鐵站旁邊的南豐中心，後來又搬到同一商廈的較高樓層，再於二〇一八年落戶現址。這裡是合夥人的自置物業，所以不用再擔心租金上漲的問題了。這點也很帶香港的特色——想要開實體店經營生意，必須要考慮租金逐年調升所帶來的困難。這也正好解答了爲甚麼很多小書店都開於商業或工業大廈內，而不是以地舖的形式直接面向街區。

繪本館搬家幾遍，現址在空間規劃上，刻意保留了面向山巒一面落地開揚的大玻璃窗，裝置了大片木地台，店內也設置了舒適的沙發，讓客人可以隨心休閒地坐下來看書。

這個空間對於零售生意來說，眞是非常奢侈！香港寸金尺土，一般店家能用來展示商品、倉存儲備的地方不多，所以你看到很多樓上書店，都以通道狹隘見稱，並非他們不想讓讀者舒適地看書，而是大家一直都跟現實拉鋸。

## 盼以繪本推動情感教育

如果你有留意到，繪本館的圖像標誌，看來有一株生命樹，而在青蔥樹蔭下，有張束黑短髮的臉孔，一邊看書、一邊微笑。這張臉看起來像大人、也像小孩，臉上掛著發自內心愉快的笑容，這個以簡潔的線條和繽紛的色彩構成的畫面，好像在跟你說：

「閱讀讓我快樂得像跑進了另一個世界呢！」

的而且確，無論甚麼年紀，也適合看繪本。

Helen 說：「大人拿起繪本，第一時間是看文字；圖像是小朋友的強項，我們要學習小朋友的心，因爲圖像有很寬

1 | 2

1／德慧文化 Life Reading 繪本館裡讓人最喜歡的地台位置，配合室內的植物盆栽與窗外的翠綠山巒，營造了寧靜的氣氛。

2／店內擺放了沙發，提供一個讓人喘息的閱讀空間，在寸金尺土的香港，實在是難能可貴。

闊的空間，讓我們更投入想像。」

她說其實繪本重要的元素不光是圖畫，還有當中所描寫的故事與情感的連結，「很多繪本都是作者自己的親身經歷，再通過圖像演繹而成，讀的時候像在看一個生命故事。」Helen 跟我說，「這是人的情感傳遞，透過圖像與文字表達。」

「一直以來很多人都有個謬誤，字少的書籍就是給小朋友看的，其實無字的繪本更有深度在其中，圖像猶如一部電影，可在人們的腦海中留下更深刻的印象。」

之所以推廣繪本，也是這個緣由吧，店長 Helen 及創辦人陳張慧嫈女士都分別提到，希望透過繪本推動情感教育。

陳張慧嫈說：「繪本是我們相當重視的一環。一般以文字爲主的書籍會重視左腦分析、推論、邏輯等思維能力，但我們覺得人的生命裡有個很重要的部分是情感，而香港的教育制度感覺上就是比較忽略情感教育。」

「開繪本館最初的心願是想做情感教育，所謂『生命教育』、『公民教育』都是由情感開始，你要有一顆心，關懷、熱愛生命，愛鄰舍。」

「所以這裡選入的書本較著重情感的啟發。繪本沒那麼多字，較多圖畫，比較藝術性，屬於右腦思維，閱讀時可以觸動情感，可以提高心性。」

Helen 補充：「繪本是很好的媒介，若小朋友本身對某件事情有認知或感受，閱讀繪本後，可以更好地作出梳理及表達，並非一模一樣的蓋章式教導。」

## 為生命尋回「看不見」的東西

我爲這次訪談進行資料搜集的時候，看到 Helen 在一篇訪問中提過，她到過不少學校辦活動，發現人們太重視「看得見的東西」，例如孩子上小學前要培養某幾種能力，或者將人的品格只簡單歸類爲某幾項，她說：「大人覺得方便控制，總喜歡實用性、功能性強的東西。」

「現今社會的教育著重『看得見』的評核，但情感是評估不到的，需要在日常生活中慢慢觀察才看到孩子有這樣的東西出現。」

從事教育工作的我，被這番說話深深撼動心靈。

如果我們的教育是爲了讓學生成爲對社會有貢獻的人，學生想要成爲科學家、醫生、消防員等幫助有需要的人的話，那麼有沒有人會說，「我的志願」是成爲一個「好人」呢？每一班當第一名的只有一個，好人卻可以有很多，我希望教學生當好人，而不是爭第一。

能夠透過閱讀改變社會觀念，我覺得這是實體書店一個相當艱鉅卻又異常重要的使命。

在繪本館的書架上，我發現了一本《節瓜卷吃》，書名吸引了我的視線，原來作者是位視障女生，她很愛寫寫畫畫，這本書是她的散文集，內容是從她的角度看日常點滴。在我本身的日常生活裡沒有視障朋友，所以讀她的文字，就像結識了一位新朋友。作者在書

3
4

3／繪本館內貌。

4／一個又一個書格，將圖書分類陳列。

裡分享她每天會遇到的事情，其實也是大家都會遇到的，而她看不見並不代表她是脆弱的玻璃，她只想得到別人的無差別對待。

我實在很喜歡逛實體書店的時候，找到一、兩本新鮮有趣的書，逛書店總會讓我看到一些從來未發現的事情，認識本身社群以外的其他想法、行爲和文化。難怪人們總愛說，書讀的愈多，愈發現自己知道的愈少。

如果你問，獨立書店跟大型書店有甚麼分別呢？我想就是一些微小卻重要的體驗吧，就如在這繪本館裡我從選書之中發現了一本足以觸及內心情感的圖像故事書。

## 書店經營的一種信仰

繪本館的鋪陳有一個特色，就是眼前是一個又一個環保回收木架，像紅酒箱的大小，架內盛載著精挑細選的繪本。Helen 說，從前書店在德華街舊址時便用這些木箱，因爲繪本書度的大小尺寸參差，放在傳統書架上並不合適，也不美觀，所以用這種方格箱子來擺放，而且舊物重用，對環境友善。

至於上架分類上，看來很貼近生活，如「家庭」、「情感」和「用繪本講生命之道」，至於特別精選的繪本，都會貼上小字條作推介。

「現在館內的藏書都是經營多年來的知識集結，或者說是精神面貌吧，因爲一間書店一定要有自己的精神。」陳張慧嫈說。

「我們是信仰書店，但所謂的『信仰』並不狹窄，上帝愛這個世界和世人，而構成人類社會的是『文化』，這個詞語意義廣闊，包括器物層次例如科技文化，第二個是制度，最高的層次便是理念。」

「這裡除了信仰主題書籍，還有繪本，以及各種社會文化選書，（我們書店）目的是展現人類在過去不同處境下的創作和言說，無論是對生命的言說，對環境的言說，對願望的言說。」

負責選書的 Helen 指出，館內的書籍主要以情感教育爲導向，「例如社會運動發生的期間，選了比較多關於公民教育題材的書本，希望藉此可訓練小朋友的判斷性。」

「我們都有自己的選書準則，有時候網上很熱賣的圖書，很多人打來查詢，我們也未必有賣。」

繪本館沒有跟任何一個供應商簽訂協議，所以入書比較彈性，會因應所舉辦的活動來編選書單。不經代理商進書，雖然成本較高，但自由度相對較大。也曾有家長上來買書，讚嘆說：「你們將整個書海濃縮下來了！」

因爲有這樣可靠的選書，按著讀者的需要來思考，於是有學校會租借書店的場地來舉辦教師培訓活動，讓老師上來探訪、交流和選書。

| | |
|---|---|
| 5 | |
| 6 | 7 |
| 8 | 9 |

5、6、7／Helen 跟小孩和大人的閱讀時間。

8／親子共讀時光。

9／繪本館內有一面「善果樹」牆，家長和小孩可以寫上對香港社會的祝福語，然後掛上。

## 不止於一個人的閱讀

「閱讀繪本，有點像看一部電影，將故事的敘述以圖像與文字呈現的不單只是概念，也可感受到作者思維的變化。」陳張慧嫈說。

「我們一直很努力教導別人怎樣看繪本。每個人的成長背景不同，特別是華人社會，情感比較內斂，加上學校教育重視績效。閱讀本來是很孤獨的事，但我們著重對話，通過小組活動，一起演繹繪本，慢慢將人心的感知和敏銳度打開，你才發現到，有些感覺以前可能比較遲鈍，現在慢慢會跳動了。」

我光聽著也感到一股暖流湧進內心，閱讀的確是孤獨的事情啊，像現在我一個人在寫作，面前誰都沒有，可我卻有很多話、很動聽的書店故事，想要告訴給世界。透過書本，也只有跟讀者一對一的交流，而透過書店積聚人群，便能很好地讓書與人進行對話。

一直以來，繪本館每個月都會舉辦給大人的主題閱讀會，每次早晚兩場，一般來說每場可以容納二十至最多五十人。館內也有主題牆，會編選主題書單，因應社會狀況而推出專題讀書會，主題多樣化，像「同性」及「生死」議題都有涉獵。當然還有親子讀書會，讓孩子與家長一起參與「故事時間」，此外，也會請外來講者，透過繪本進行藝術活動。

跟讀者的交流，亦不限於書店內。繪本館也會到學校做教師訓練、家長講座、故事時間等等。只是在疫情仍不受控期間，面對面的交流都無奈被腰斬，轉成網絡上的活動。

上班的人隔著電子螢幕進行會議，學生對著電子屏幕上課，大家都盡量避免身體接觸。人們不能看見別人的臉孔作對話，不能握手、擁抱，又或只是拍拍肩膀也好，即使平日碰面也得用口罩遮蓋四分之三張臉，只看得見眼睛。如此情況維持了一段日子之後，人們才發現，人與人的實體交流，始終是冷冰冰的電子屏幕無法所取代的。

我不禁又想起，這不是跟實體書一樣嗎？親手在書頁上劃筆記、摺起頁角作書籤，親身走進書店翻書、

10

10／繪本館會挑選展示一些與當下社會狀況相關的書籍，例如在疫情嚴峻的日子，特意推廣這本以口罩為主題的圖書。

看書，沉澱轉換心情，那是非常飽實的感覺。

令人感到安慰的是，日常生活被疫情籠罩的這段日子，媒體報道世界上很多地方的實體書銷情不跌反升，因應人們對書本的渴求，歐洲某些地方，在城鎮隔離與商店停業一段時間後，政府甚至選擇優先讓書店重新開業。

「在疫情期間，繪本館給大小朋友錄製了一些溫暖的故事放到網絡上供大家免費下載收聽。香港過去一年，整個社會氣氛很緊張（政治事件），學校停課時，我們曾經舉辦一整個月的『守護孩子閱讀會』，不收費，每天兩段時間舉行，讓家長和小朋友可以輕鬆聽故事，從繃緊的精神狀態中得到放鬆。我們也設計了一株『善果樹』，讓小朋友寫下願望掛在上面。」

Helen一邊說著，眼睛充滿神采，「有觸動我的事情，我便想去做；有好書，我就想推介給更多人認識。我會形容，這裡是個平台，歡迎有信念的人來。有時候即使活動參與人數不多，但我們見證了具深度的交流，這就是書店經營的本質吧。」

## 故事背後的生命故事

我自己在看書的時候，一直有個習慣，會先翻到版權頁，看看是哪家出版社的出品，書籍設計師、編輯、繪圖者是誰，看看有沒有一些熟悉的名字。然後我會搜索一下這些名字，看看他們參與的其他出版計劃。原因很簡單，人總是熱衷於做熟悉、擅長的事情，喜歡某種風格的書，背後策劃者大概都抱持類近的理念（當然並非絕對）。所以，當 Helen 跟我說，現在她會多去由認識作者和插畫家開始，然後更加認識書籍創作的過程，由此她所看到的每冊繪本便更立體了，我不禁連連點頭。

二〇一八年，本地插畫師麥震東出版了《香港定格》這本書，也在繪本館進行了新書發布會。在作者分享的過程中，Helen 了解到這本書的創作原因和理念——有次作者去外國書展做分享展覽，眼界大開，回香港修讀課程時，他重新學習繪畫基礎及如何創作。他發現自己喜歡用水墨繪畫，對招牌脫落的油漆感到興趣，也特別喜歡香港古舊特色的事物。純粹出於興趣，他創作了許多幅關於香港街道的畫作，最初沒想過要出書，後來有人建議他結集成書，於是他便從零碎的畫作中選出喜歡的，同時找來一位年輕的創作者協作編寫文字描述。Helen 說，她從分享會中認識到這本書的創作過程，之後有人上來書店買書時，她也會不厭其煩地講一遍作者的故事。

「一般人買書的時候，未必知道書本創作背後的故事，了解更多後，會覺得書本更有立體感。」

到書店工作之前，Helen 從事幼兒教育工作，她一直很喜歡跟小孩講故事，「說故事讓大人更容易與孩子連結起來，彼此溝通、交流，我很享受這種感受。」

## 閱讀是慢活的練習

對經營書店的人來說，閱讀的意義何在呢？

「現代人太急促，這裡倡導慢活，停下來，停頓其實很重要。」陳張慧嫈說：「對我來說，行書店、閱讀，都是慢活的練習。如果你想慢下來，便看繪本吧。也許你讀著的時候，感覺自己很難慢慢讀完一本書，因爲我們習慣太急，停不下來。有了這個發現，不必感到沮喪，被別的事物吸引過去時，你可以停下來。那一刻便像渾濁的水慢慢作沉澱，再看時，有些事情便會清楚看見。

「我希望走進書店的人，都會經歷一個慢下來，停頓、清晰的過程，在閱讀時獲得心與心的聯繫，我希望每一個逛書店的人都是這樣。除了慢下來之外，也知道自己在尋找甚麼。現在很多人不假思索，不知道自己在尋找甚麼。」

由未知到知心，走進書店，遇見與尋獲一些你原本沒有想過的事情。

INFO

### 德慧文化
### Life Reading
### 繪本館

地址 | 新界荃灣南豐中心 19 樓 08 室
營業時間 | 星期一至六 10:30~19:30
fb | LifeReading.vwlink
ig | lifereadingbookshop
web | www.vwlink.net
開業 | 2006 年 7 月

# 童書館 My Storybook

## 不操練、不習字——我們以童心看世界

// 一直希望書店是為孩子而開，我希望他們身在其中會感到這裡親切友善，所以布置也像幼兒園的感覺。//

### 這裡不賣操練書

「請問這裡有 copybook（寫字練習簿）嗎？我希望小孩多學寫一點字。」曾經來了一位家長問，旁邊站著他三歲的小孩。

「抱歉，我們不賣學科練習類。」

「這個年齡的小朋友，其實正值肌肉發育期，比較適合進行一些寫前訓練，還沒可以寫出一個工整的中文字呢。」

倩雯老師是「童書館 My Storybook」的店主，她跟我說：「顧客想買習字帖，這裡沒有，他便離開了。但我們還是會堅持——這裡不賣練習書。反正坊間很多地方也有賣。而且，小朋友年紀這麼小便要接受操練嗎？正如我們開店的初衷，是建立一家眞正屬於小朋友的書店。」

## 從兩個問號開始

童書館是一家繪本書店，二〇一五年於觀塘區開業。創辦人倩雯曾在幼兒園工作十餘年，她最享受的時光，便是跟小朋友講故事。每次的故事時間，往往氣氛熱絡，和孩子們你來我往的互動；而且，講者與聽衆的溝通不只是線性的，小孩看到故事裡一個有趣的東西，老師便可以把握機會作延伸教學，引導孩子進一步思考。

「坦白說，做了十多年老師，起初課程不太緊湊，可以有很多時間講故事，後來卻愈來愈少，甚至乎爲了追趕課程，讓小朋友看故事書的時間都沒有了，我覺得很可惜，爲甚麼對小朋友有益的事情會因爲追趕課程而被取消或忽略了？」倩雯心中有這個疑問。

「另外，我們經常講升小銜接的問題，小學重視閱讀，有晨讀活動，讓小學生閱讀故事書，那爲甚麼幼稚園教育反而減少閱讀時間呢？」倩雯認爲，如果小朋友在幼兒園階段沒有開始培養主動看書的習慣，也難怪升上小學、中學後對閱讀提不起興趣。

「究竟有甚麼方法培養孩子從小開始便有閱讀習慣和興趣呢？」這是倩雯還在學制內當老師時的第二個疑問。

「學校的工作永遠有個框架，那時候便想倒不如我自己開一家書店吧，當時只是想想看。後來有一次到台灣旅行，看到他們很重視閱讀的風氣。」於是，她便決定放手一試，辭掉老師的工作，毅然開始建立眞正爲小朋友而設的繪本館。

## 打造孩子喜歡的閱讀空間

打算開店時，倩雯便希望專注於推廣繪本，而她居住於九龍東區，便決定選址觀塘。繪本館成立後，曾經在同區內搬遷三次，每次租約期滿便得找另一個單位。

倩雯有一位搭檔，二人一起找舖位，運作上對方負責行政事務，而她則主力書店布置及選書等讓書店成形的核心工作。

「一直希望書店是爲孩子而開，我希望他們身在其中會感到這裡親切友善，所以布置也像幼兒園的感覺。」

甫脫鞋進門，你就會看見一片綠油油的人造草地和一個色彩繽紛的帳幕，雖然是室內，但氣氛卻像極野營，讓大人小孩都想立刻捧著書、躺下來看。

回溯最初開店時，香港的小型繪本館不多，她看到家長帶小孩子到那些開在商場內的主流書店，內裡人流很多，小孩子會坐在走廊上看書。

「我覺得，既然孩子願意坐在走廊看書，證明他們眞的喜歡閱讀。所以，我在童書館鋪了一塊人造草皮。對此有些客人會覺得奇怪，說我讓小朋友上來一、兩個小時光看書，最後可能甚麼都不買就離開，那店子怎麼經營下去呢？」

倩雯覺得，這裡跟人流較多的大型書店或圖書館那種拘謹的氣氛不同，家長可以跟小孩坐下來一起朗讀故事，比較輕鬆。她很鼓勵親子共讀，如果家長上來只是玩手機，只有小孩自己看書的話，就很可惜了。

## 為孩子選書、讓家長懂書

基於本身從事幼兒教育的背景，倩雯所選的童書會配合孩子的年紀程度，閱讀對象是幼稚園至初小的學生，也有適合家長跟一至兩歲小朋友親子共讀的選書，以中文圖書爲主。

童書館每個月都設有主題推介，譬如「環保」、「自理能力」、「父親節」等，暑假的時候會有「小一學校生活適應」、「身心靈」等選題，透過不同的題材來介紹圖書給小朋友。在疫症蔓延期間，人們每天會使用也丟掉很多外科口罩，她便著力在館內及社交媒體上推介相關「環境保育」的繪本作品。

此外，倩雯也會特意揀選一些小朋友需要知道、但平時卻較少機會接觸的主題繪本，「像『生死』吧，每個人都會經歷，只是沒有在身邊發生時，這類題材

1／童書館的櫃台前面除了有歡迎詞，還貼上了小朋友的畫作。

2／書櫃前面鋪上了人造草地氈，營造了野營氣氛，讓大人與孩子坐下來輕鬆共讀。

3、4／童書館內裡的陳設與布置色彩繽紛，置身其中，小朋友感到輕鬆愉快。

便很少會去看。不過，要知道小朋友的情緒都很敏感，很容易被牽動，假如家中遇上有親人離世，孩子的情緒一定很不適應。」

「爲甚麼這些非主流的書我也會放在書店呢？因爲你不知道小朋友甚麼時候會需要。」

至於店內最受歡迎的，是「品格」主題選書。像「道德」、「價值」這些抽象概念，光用說的小孩子不容易理解，繪本的好處在於孩子可以代入故事角色之中，去觀察和感受事物，體會其中道理，漸漸培養出同理心。

但令人咋舌的情況是，「有家長會覺得自己教不好小孩，那麼買品格繪本給孩子看，就可以教得好！」倩雯會給家長提醒，「繪本不是一本『天書』，當小孩子發脾氣時，你只塞一本書給他，說：『看吧，看吧！』這是不行的。」

我不禁失笑。

「孩子眞的不會讀完了繪本就馬上停止發脾氣，相信大人自己也不會吧！」倩雯續說：「有些家長知道書本是有作用的，但卻不懂得怎麼去用。」

倩雯常常告訴家長，你買了一冊品格繪本回家，目的是讓小朋友看過後潛移默化，慢慢學會怎樣面對問題，而不是不讓他發洩情緒。

「想想看，你的手提電話不小心給掉進馬桶裡，誰也想哭吧，如果我不讓你哭，你又會停嗎？小孩子也一樣，當他弄壞了玩具，又或者不見了東西，不開心而吵鬧起來，就如同你的手機掉進馬桶時那種糟糕的心情，那怎麼可以不讓他宣洩呢？」說到這裡，家長都會點點頭，才比較明白小孩子的心情。

我突然想起，很多媒體報道時都採取專家意見，教家長不要向孩子說「不」這個字，因爲這是負面的字眼，而且這個「不應該做的行爲」畫面會一直重複在小孩的腦袋裡。比方說「不要說粗話」、「不要說謊」、「不要考試作弊」這些，都是大忌。

問題就來了：如果你光是避免說「不」，但自己

5

5／關於「環境保育」主題的推薦童書。

在非常沮喪和絕望的時候，也會說一、兩句侮氣話，那是要告訴小孩「因爲你年紀小，所以不允許」嗎？

我認爲教養小孩，重要的一點，是讓他們站在別人的角度去感受和思考。如果你對著不小心把水潑到你身上的侍應生破口大罵，換你是那位侍應生，你會有動力繼續完成當天的工作嗎？

每個行爲、每句說話，不自覺地都帶會著意義和影響。只要能夠適當地表達情緒，明白他人的感受，認識自己的言行會怎麼影響別人，無論是否用「不」這個字，其實眞的不重要。

## 讓家長了解孩子的真正需要

童書館成立的目的，是「爲孩子提供繪本」，而倩雯也一直努力在做的另一部分便是「家長教育」。

像篇首提及的那位家長，想買寫字練習簿給年紀還小、小肌肉還在發育的幼兒，倩雯便耐心地解釋給家長知道孩子的眞正需要。

「教育家長，這不是一時三刻便能見成果的事情，但遇見類似情況，就會跟家長分享一下小孩眞正的需要是甚麼。」

倩雯曾碰到家長猶豫，認爲一百多元買一本書，字那麼少，不太划算，而且只看圖畫孩子又如何學好語言呢？

她會解說，繪本的好處正正在於以較少的文字讓小孩去理解故事發展。要是大人能與小孩共讀，可先讓孩子看圖，接著問他們在圖畫裡看見甚麼，與孩子互動交流，引導他們對內容有深層思考，引起興趣看故事發展。這樣的閱讀體驗，對小孩來說，更易投入，也沒有甚麼壓力。

「圖畫可以訓練小朋友的觀察力、想像力，讓他們更熱衷想了解故事的發展。我會跟小朋友說，『究竟故事是否眞的如此發展呢？不如我們一起看看文字吧！』大部分幼兒都喜歡看圖畫，而且也不會抗拒文字。」

「由開業到現時爲止，我沒有見過小朋友來到店裡不看書。通常都是小朋友很想繼續看，但爸爸媽媽說要走呢。我想，小朋友不會一開始便說自己喜歡或不喜歡閱讀，是看爸爸、媽媽態度如何。」

說到底，始終是由大人買書給孩子，所以繪本館的顧客，其實是家長。不過，當家長帶著孩子來問倩雯該買甚麼書給小孩最好時，倩雯卻還是會先探頭來問問、了解小孩本身有甚麼喜好。

「你最喜歡甚麼呢？」她問孩子。

「我喜歡車，最不喜歡就是書，因爲很悶！」曾有孩子這麼說。

於是，倩雯找出一本以「車」爲主題的書，然後打開來讓他看看，當小孩看到裡面有很多色彩繽紛、不同類型的車輛時，她問：「你看到車裡面有甚麼人嗎？」、「這架巴士會把我們帶到甚麼地方呢？」……

倩雯分享說，要培養閱讀興趣，可從小孩子的喜好入手，有些小孩子可能對書本有個負面印象，但大

6

6／一系列幫助學前幼兒辨識物件的圖書。

人可以作出引導，讓孩子感到書裡面原來有自己喜歡的東西。

「我常常覺得，靠別人推薦或者上網看評語，也未必可以眞的買到自己小朋友喜歡閱讀的書。試過有位爸爸帶小朋友上來，說他在網絡上花了很多錢買書，可是小朋友卻不喜歡看。於是，爸爸這次帶孩子前來，讓他親自挑選；然後，爸爸提出跟他一起看故事。最後，這個小孩子由不喜歡看書到愛上了，讓爸爸給自己買下了整套故事書。」

「有點可悲的是，家長並非不願意付錢買書，只是買了不適合的書，令小朋友不願意看。」

有些家長又會問，平日給孩子講多少個故事才好？看多少本書才足夠？倩雯會跟他們說：「閱讀量不是 cold call（電話推銷）那樣去『追數』（跑業務），有些家長可能每天都會跟小孩讀十本故事書，有些人可能只有時間看一本書，到底十本還是一本書好？如果讀十本書只是隨便讀完，對比起看一本書卻有深入討論，當然是後者較好。」

## 親子共讀的好處

市面上不少「有聲書」可以模仿有人陪伴在旁朗讀故事，讓孩子重複聆聽字句，這有助潛移默化讓孩子學習語言。可是，讓孩子自行閱讀有聲書，家長卻忽略了兩點——當讀到書裡某處時，小孩子想發問，卻沒有大人相伴；此外，小孩通常都沒有太大耐性坐著聽故事，很快便會失去注意力。

人與人面對面講故事，則可以按故事的脈絡和當時小孩的反應而作出互動，讓小朋友有提問的機會，學術一點來說，就是有助提升、鍛煉他們的語文能力。

倩雯非常鼓勵家長講故事，「別說自己沒時間，或者不會說便算，家長不一定要講得很好，最重要的是跟小朋友有對話，親子共讀，就是一起讀，彼此有溝通。」

## 善用繪本的價值

疫情之前，童書館會定期舉辦講故事活動，而且會配合所說的故事主題來讓小孩做手工，聽完故事後也可以有自己的作品帶回家。

「有位家長跟我分享，他的小朋友來聽了一遍故事，回家後不斷拿著手工品，還頭頭是道地說出故事裡曾經出現的整句句子。」

童書館位於觀塘區，但也有家住大埔、荃灣區的家庭會專程（大概一到兩小時車程）前來參加活動，因爲家長表示，從這裡看到孩子參加活動的成長，這令倩雯得到很大鼓舞。

倩雯想說的是，一本繪本的定價也許不便宜，假如只讀一次便收起來，那就太浪費了，家長跟孩子可以透過繪本來發掘更多的延伸活動。

疫情期間，書店的活動只好暫擱。不過，每一天倩雯和搭檔還是會透過 Facebook 發文，與家長作分享，例如讀完一本書可以做甚麼樣的手工或延伸活動，又或者介紹好書，期待家長與孩子會享受閱讀時光。

「坦白說，經營書店不能賺大錢，但我們堅持這裡的繪本是好東西，要讓家長和小朋友都知道。」

7
8

7、8／其中一本推介繪本，關於兩個不相關的東西快跑、碰撞在一起後，變成「新」的事物，內容充滿創意也很有趣。

## INFO

### 童書館
### My Storybook

地址 | 九龍觀塘道 384 號官塘工業中心第三期 7 樓 F2 室
營業時間 | 星期一、二、六 12:00~18:00 /
星期三至四 12:00~16:00 / 星期日 休館
fb | mystorybook1105
ig | mystorybook719
開業 | 2015 年

／閱讀空間的多元探索／

- Rolling Books 滾動的書
- 打書釘 Nose in the Books
- 綠腳丫親子讀書會
- Flowbrary 飄流書館

Chapter II

# 書店以外，我們繼續閱讀……

閱讀不設限。
即使走出了書店，
這個城市仍有不少熱心人
提供難得的閱讀空間，
照顧不同需要的社區群體，
讓來自不同階層的大人與小孩，
愛上書本，感受閱讀的質樸與美好。

# Rolling Books 滾動的書

## 走進社區——讓書本之光照亮弱勢社群

// 從一架木頭書車開始，走進社區、走進學校，衍生大小活動。//

**由「阿麥書房」（Mackie Study）到「滾動的書」（Rolling Books），莊國棟（James Chong）都把「推廣閱讀」的目標念茲在茲，將書本從書店之內帶到書店之外，進而令閱讀在社區滾動起來，他是如何實踐？怎樣說到做到？**

我很喜歡待在圖書館裡的感覺，特別是在大學圖書館裡，要站在梯子上才觸摸得到頂端一排那麼高的書架，要抬頭、伸手去觸碰某本書。這是一種由衷的感受，像你看到賣相精緻的食物、設計時尚的衣服自然會喜歡。眞的不知道父母是怎麼從小培養我這個愛好，我就是很愛有書的環境，每次光站在書店裡邊就覺得莫名的感動。

這正是社會企業 Rolling Books 成立時的宗旨——推廣閱讀體驗，讓人愛上閱讀，而且集中關注少數族裔、基層家庭與有身心障礙小孩子的閱讀權利。

並沒有幾個人與生俱來便愛閱讀，發掘興趣以及培養成習慣就是重點，而這其中有些小孩缺乏相應的資源，便需要有人主動提供，填補這個缺口。

Rolling Books 並沒有讓「推廣閱讀」淪爲口號。你可能已看見過他們一架木頭小書車在香港各區擺攤，儼如流動圖書館，可是他們在做的，遠超如此。

概念之初，一架「滾動知識車」是架客貨車駛進小學及社區，供來自低收入家庭的學生自由看書。他們到公共屋苑裡，向少數族裔兒童講故事、學中文。他們連結閱讀、跑步、本地小農及家鄉食品製作，在郊區進行親子烹飪活動等等。他們更將口述圖像、觸感、紙雕塑注入繪本製作，讓視力受挑戰的孩子也有專屬他們的繪本。以上都是一些例子，他們在做的，眞的還有很多。

Rolling Books 從一架木頭書車開始，走進社區、走進學校，衍生大小活動，即使在疫情期間，每星期也有一至兩場網上活動，甚至邀請義工爲少數族裔孩子提供一對一的網上功課輔導。

來到二〇二〇年，被《*TIME*》形容爲最糟糕的一年，創辦人莊國棟（James）說 Rolling Books 的使命是：「推廣閱讀作爲抗疫力（resilience）」。在中文裡沒有一個意思完全對等的字眼，「resilience」這個字代表「一種從困難裡快速恢復至本來狀態的能耐」，試想像一塊海綿被緊掐壓扁，放手後不花數秒它又可以回到先前飽滿的狀態。而在肺炎肆虐期間，

「抗疫」又多了一種社會意義，大家都在努力對抗病菌，無論是上班、上學、日常生活模式幾乎每天都在改變。今天能上學，明天卻得在家上網課，無論大人、小孩都需要學習適應。

其實 James 在二〇〇四年曾經創立當時無人不知的「阿麥書房」（Mackie Study），有四年多經營書店和餐廳的經驗，後來書店因爲財務狀況而結業。

一家書店結業，對普通人來說可能就是生意失敗。可是對於那曾經在裡面留下足印的客人，跟其他人有過深淺不一的生命對談，還有來過聽音樂、看藝術展覽、觀賞電影放映、參與文化沙龍熱烈討論的讀者，那是一座城市裡永遠存在的回憶，爲人們帶來過實在的影響。

James 曾經說，當時「阿麥」受很多媒體訪問，「有了名氣，但不代表書賣得好」，因爲他選很多優質卻不是主流的書籍。輾轉之下，James 透過 Rolling Books 繼續推廣閱讀。

以下是我跟 James 的對話。

* * *

C：你是怎麼開始 Rolling Books 的呢？

J：阿麥書房結業後，人沒有甚麼動力，身體很不健康，暴肥，所以開始跑步。持續一、兩年後，人比較開朗，碰巧以前書店有個客人，他見我瘦了，問我原因，我便叫他一起跑步。但我知道要有動機才能成事，他喜歡看書，所以我便說：「不如辦個讀書會吧！」

我有參加跑步訓練班，有資格帶領其他人跑步，所以建立第一次「跑步讀書會」。起初讀書會是私人活動，我將它名爲「八百萬種跑腿」，第一次大概有六、七個朋友參加，後來群組於二〇一七年對外公開，正式命名爲「Run of Page」，大約有二百位群組內的朋友會參加，每次活動大概二十人以內。

〔「跑步讀書會」是甚麼呢？每次參加者會帶一本書，一起跑指定路線，當中往往會經過具香港特色的社區文化地標，到達終點後大家如常進行讀書會。〕

C＝周家盈　J＝James

至於 Rolling Books 是怎樣開始的呢？跑步讀書會純粹是興趣，沒有一個 business model（營收模式）。我在想，自己還可以利用所學知識和人脈來做甚麼呢？當時我在樂施會工作，它是家非牟利機構，主要靠籌款營運。我看到很多人在做社會創新（social innovations），所以我參加了「Good Seed program」（一個社會創新培訓及種子基金計劃），想試試看。Pitch idea（提案）時覺得，如果我的想法跟自己的經驗有關會更好。

我想做跟書有關的，當時想會否再開書店呢？但我實在「見過鬼都怕黑」（廣東話，意思就是「嚐過苦頭便不願再試了」），而且結業後還欠債，所以一定不會再開書店。

然後，便想到用一架車載著書本到處走，像日本和台灣也有書車，其中日本的「Book Truck」和台灣的「蘇格貓底」我最印象深刻。「Book Truck」有文藝氣息，外觀很美，經常在市集出現；「蘇格貓底」非常有趣，車內放了很多移民工語言的書籍，駛往不

1

1／Rolling Books 創辦人莊國棟（James）。

同地方讓移民工看書。〔這是一架「東南亞行動書車」，由「蘇格貓底二手書咖啡屋」打造，專門服務移工，讓移工閱讀母語不忘本。〕然後我想，到底我要走哪個路線呢？後來決定合併兩個路線，有文化氣息、也做社會服務，而對象就是香港的少數族裔、基層出身與有身心障礙的小孩子。

二〇一八年八月，Rolling Books 正式成立，後來登記成爲社會企業，我們第一個活動在同年十二月的九龍城書節舉辦，「滾動貨 van」——也就是一架載滿書的小客貨車「駛入」香港兆基創意書院。

C：之前有接觸過少數族裔及基層家庭兒童的社會工作嗎？

J：我在樂施會工作時它沒有直接受益者，而是提倡議題或公眾教育，例如全球貧窮、氣候變化、難民營，或者少數族裔在港生活等等，所以順理成章有機會接觸這些議題，自己便想，在閱讀的框架之下，我們 Rolling Books 有甚麼可以介入呢？我明白沒有可能服務所有人，但會想自己能做到甚麼呢？Rolling Books 比起其他機構又有甚麼分別呢？當然大家做一樣的事情並沒有問題，不一定要與衆不同，需要服務的人很多，我們各自耕耘。

我想到，不如研究創作一本專門給視障兒童看的書吧。有凸字，有觸感圖，有口述影像，你可以摸到的３Ｄ書本。但原來觸摸得到並不代表對方知道那是甚麼，因爲書裡的圖畫本來是以健視朋友爲閱讀對象。舉個例子，一幅人像呈現的是側面，變成３Ｄ之後，視障小朋友摸起來也不知道那是甚麼，所以我們在製作繪本的畫圖階段要先畫人的正面，讓視障小朋友先知道那是甚麼。有很多部分都要重新創作，讓繪本讀起來較順暢。

C：成立以來，Rolling Books 大概舉辦了多少個活動呢？

J：兩年來嘗試了不少活動，現在每星期也有活動，很多也改成網上，每星期大約一至兩個吧。例如我們試過帶設計師、作家去心光盲人學校，親身看看視障兒童需要甚麼樣的書本。

2 | 4
3 |

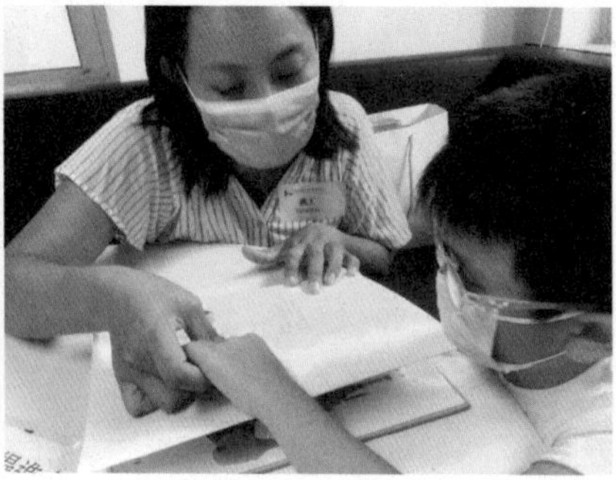

2／親子共讀時光，不需要昂貴的玩具，大人跟孩子全心投入閱讀時間中，這就是給孩子最珍貴的禮物。

3／「南涌廚房書房：依山而煮，傍水而讀」活動，由社區婦女參與引領，在南涌的山水之間，指導大小朋友進行親子煮食體驗，大家一起準備食材，烹煮一頓在地美食，了解食材與城市人的緊密關聯。

4／義工與視障小朋友共讀觸感繪本。

C：可否分享幾個比較深刻的活動片段呢？

〔James 想了一會，然後分享了三件事情。〕

**深刻片段一：少數族裔小朋友收到書本的喜悅**

J：試過在市集擺書攤，我們看見不少華人家庭經過，當然有很多家庭都會來一起閱讀，可是也試過邀請一些家庭來看書，家長卻說不需要了，小朋友不看書。〔我猜吧，可能這些香港家庭資源普遍充足，很多小孩子從小就可以從不同渠道獲得資訊，不一定要看書。〕

而當 Rolling Books 去派書給少數族裔兒童時，一般來說他們都感到非常喜悅。很多家長收到書後，會拍照傳給我們，告訴我們小朋友好開心。他們的反應很熱烈，都很想擁有那些書，證明我們送書這些旅程是很有用的。

另外，之前駿洋邨隔離時〔新冠肺炎疫情期間，火炭區新落成的公共房屋駿洋邨被政府用作隔離中心〕，可能因爲 Rolling Books 有在社區派口罩吧，這件事情在少數族裔家庭之間傳開來，有些少數族裔家庭傳訊息給我們，說自己從外地回來要隔離，小朋友沒事情做，你們可否送書過來？我們非常開心，因爲我們的貨倉剛好在火炭，上午包裝好書本，下午立刻送到小朋友的手上。

**深刻片段二：繪本內容須照顧文化差異**

J：二〇一九年開始，Rolling Books 開始接觸在港居留的少數族裔人士。我剛在中大（香港中文大學）修讀人類學碩士，拿了資助，打算做一個推廣兒童閱讀的企劃。一直以來，在香港的學校裡，「中文作爲第二語言」的課程資源不足，對母語並非華語的學生其實很少支援。當然我無法解決學校教育這塊，但我們希望透過書本，邀請義工去講故事，令這群小朋友在日常環境之中多接觸中文字，比較容易認字。

當時樂施會出版了一本繪本《風吹過，粟米田》，有一次 Rolling Books 用這本書去跟少數族裔兒童講故事，每個人還送了一本書。而在活動結束之後，參加者之中有個年輕人來跟我說：「這本書其實有點讓我尷尬，我不太敢將它帶回家。」

我立刻想，這是本兒童繪本，內容沒有涉及印巴衝突、政治、宗教等等敏感的議題，我想了很久也想不通爲甚麼。原來，書裡面有豬隻的圖畫〔穆斯林相信豬是不潔的動物〕。如果將豬人性化還好，但因爲該繪本內提到農場，裡面有很多等待被人屠宰的動物，有牛、豬、雞等等。由於文化差異，有些家庭可能會比較介意。當然他們也有跟我說，在香港生活其實也習慣了，也知道這是圖畫書。

現在 Rolling Books 創作繪本時會很小心，除非有特別原因，否則不會有豬的圖像。

我們也不斷提醒自己，要增加非華語學生在學校以外接觸中文的時間。講故事是比較日常的做法，現在我們有大概三十個義工，每星期跟少數族裔兒童在網上見面，因爲他們在疫情期間沒有回學校，更加少機會使用中文。

## 深刻片段三：關注 *Asylum seekers*（尋求庇護人士及難民）的需要

J：另一個個案是關於 asylum seekers。原來在香港，尋求難民庇護的人士，是不可以在公共圖書館借書的。聯合國保障他們有上學的權利，可是他們沒有香港身份證，並沒有權利借書。

〔在香港，這並不是一個熱門議題，如同外國的死刑執行問題一樣，對大部分本地人來說，難民庇護議題並不貼身。〕

我也有跟幾個非牟利機構討論，想做點事情去改變局面。推動倡議是一回事，有時候未必立刻可以改變法律和條例，不過我們在社區可以做很多工作。

Rolling Books 有一部分書本，便專門給 asylum 小朋友，他們沒錢買書，也無法到圖書館去借書，所以他們收到我們的書本會非常開心，非常珍惜。社會上送童書、二手書的活動有很多，但 Rolling Books 的目的不一樣：我們收集書本送給特定群組，目標清晰。又例如（疫情期間）因爲沒辦法現場講故事，於是我們先收集口罩，後來多了商家、機構派口罩，我們便去派書籍和口罩給少數族裔人士，讓人們在家也可以提高 resilience（抗疫力）。

我們常常會收到很多簡體字書，但這些都不會派，因爲少數族裔兒童在學校主要學習繁體中文，對他們來說已經很困難，所以避免簡體字對他們造成混淆。我們也不會派《聖經》。每次出發派書前，我們都非常小心，在倉庫分配時要很謹慎，出發前也會再三檢查。

〔可見除了要避免書本裡面有「豬」的出現，Rolling Books 還特別注意到少數族裔人士的學習需要及文化背景，並不是隨便收書、派書那麼簡單。〕

C：你希望給別人帶來甚麼樣的閱讀體驗？

J：社會上的閱讀氣氛比較功能性，像學校要學生做閱讀報告，閱讀的書本多與職業相關……我想帶出一點——人生不需要單一方向，閱讀可以很「小孩」。以前經營書店時，賣一些文化研究類的書籍，比較認眞，予人感覺比較 elite class（菁英化）。反而透過 Rolling Books，我希望告於大家——閱讀不用太凝重，用更多元化的態度去推廣閱讀。

〔本文開首，也提過由於疫情持續了已經一年的關係，James 於是對「推廣閱讀」有了新的想法。〕

我覺得閱讀可以作爲「抗疫工具」，培養「resilience」，改善與人的關係。你看在意大利，封城後首先重開的是書店而非其他生意，疫症之後反而更多人看實體書。

「抗疫力」是甚麼呢？可以是看到一本書中主人翁的故事，看見他所經歷的旅程，如何去抵抗逆境。疫情令經濟不景氣，大家可能要學習新知識，預備從事另一行業。最重要是學習獨處，閱讀是很好的方法，人們常常說「投入書海」，看書正正是訓練一個人獨處，面對自己。想像小朋友在成長過程中，如果一直沒有獨處、安靜的經歷，認眞地面對自己，長大以後可能會出現其他問題，比方說寂寞的時候會處理不到情緒。

5

6 7

5／與少數族裔大小朋友共讀華文書籍。

6、7／《驢子圖書館》這本書，根據真人故事而寫成，講述一位哥倫比亞男老師帶著書本到山區，因為書太重，所以他帶同兩隻驢子作運輸工具，所以叫做「驢子圖書館」。Rolling Books 曾改編這個故事成為一套劇場，到學校巡迴演出。後來，James 看了另一本書《*Waiting for the Biblioburro*》，關於小朋友在等待驢子圖書館的時候會做甚麼呢？這本書也提醒了他在舉辦活動時要從小朋友的角度去思考。

我也希望推廣閱讀變成潮流。爲甚麼閱讀對一般人來說這麼辛苦呢？爲甚麼不可以像主題公園一樣充滿樂趣，吸引人去打卡呢？

〔關於這點，我又跟 James 聊到，韓國、日本的電視劇不少曾以出版爲主題；在韓國又試過有一本詩集在電視劇情裡出現之後，人們都去搶購，這便是「閱讀牽起潮流」的好例子。〕

C：對你來說，書的價值和意義是甚麼呢？

J：我的位置比較特別，我想你訪問過很多書店店長，他們從小到大都喜歡看書吧。我曾經回中學的圖書館參觀，當時很奇怪，爲甚麼感覺這麼陌生呢？其實因爲讀中學時，我進圖書館大概不多於五次，金庸也沒看過。

眞正對閱讀開始有興趣，應該是大學讀電影時，爲了拉闊自己的興趣，也覺得書本其實也是藝術，只是不同的形式。大學畢業後我從事藝術行政，然後我很喜歡澳門書店「边度有書．有音樂」，跟書店老闆認識了，我才有考慮開書店的想法。從事這一行，我才比較多機會接觸書，留意新書出版。因爲開了書店，我才喜歡書。我看過的書的數量應該比很多書店老闆少，而自己跟書的關係是比較後天吧。我比較關心的是書籍行業發展，出版及推廣閱讀的工作，例如怎麼讓更多人看書呢？

疫情以來，學校活動沒了，某程度上喪失了「黃金半年」（春季至暑假）不過我們在社交媒體上很活躍，有繼續給學校發放活動消息。

C：可以說一下 Rolling Books 的未來發展嗎？

J：未來也想有一架實體書車，畢竟我們叫 Rolling Books，而書車好像可以成爲社交媒體打卡熱點，讓閱讀成爲潮流，也可改變人們對城市空間的想像。因爲成本關係，剛開始這兩年我們集中做推廣閱讀的活動，沒有做實體書車。現在有了資源，便可以開始想想，改變城市的閱讀風景。其實我們有兩架退役的士，在屯門清山塾（一個複合藝文空間），我們可以用美食車現在閒置的空間吧。

8

8／Rolling Books 經常開小型貨車走進社區跟孩子講故事，未來希望可以有正式的實體書車，進一步推廣閱讀。

【編按】

二〇二一年七月初，Rolling Books 於社交媒體公布推出「七份一書店狂想曲」項目，這是一個書店職人培育計劃，公開招募七位店長，以七個選書主題，共同經營一間社區實驗書店。

自召集帖文發出後，有見報名者踴躍，於是 Rolling Books 決定開設兩家「七份一書店」，分別位於油麻地「東南樓藝術酒店」及深水埗大南街。

經過七月召集、八月籌備，短短兩個月時間，「七份一書店・東南樓」及「七份一書店・大南街」於九月正式開業，以期間限定店的形式，營運半年至二〇二二年二月。

INFO

## Rolling Books
## 滾動的書

活動資訊｜www.rollingbooks.hk
fb｜RollingBooksHK
成立｜2018 年

七份一書店
東南樓：油麻地砵蘭街 68 號東南樓藝術酒店 22 樓
大南街：深水埗大南街 205 號閣樓
相關資訊可瀏覽 fb 專頁：1.7bookshops

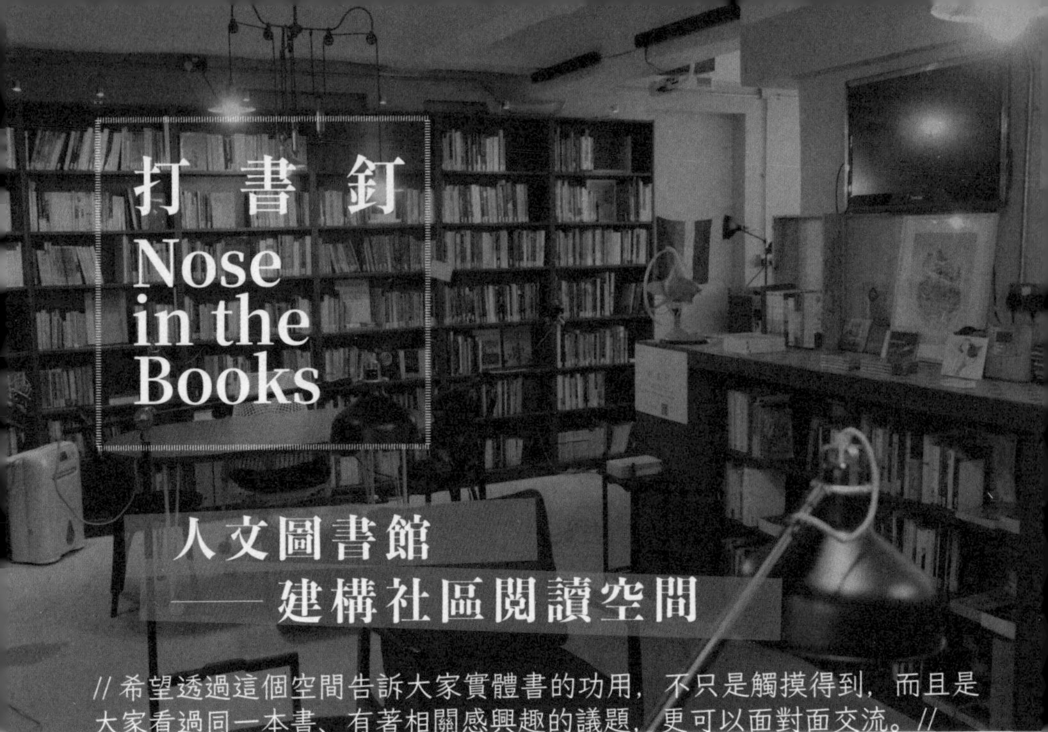

# 打書釘 Nose in the Books

## 人文圖書館——建構社區閱讀空間

// 希望透過這個空間告訴大家實體書的功用，不只是觸摸得到，而且是大家看過同一本書、有著相關感興趣的議題，更可以面對面交流。//

**難以想像，在香港繁囂的銅鑼灣區，會有這麼一個對公眾開放、恍如隱世的人文圖書館。你可以安靜地置身其中閱讀書本、也可以因應話題跟前來的其他人互動交流。一個匯聚人文書友的多元主題空間，從「打書釘」發現一個又一個意想不到的故事。**

我從小就愛流連圖書館。媽媽沒有特別培養我甚麼課外專長、興趣活動，唯一特別鼓勵我閱讀，週末一定帶我跑圖書館，每次我說想買書，她都一口答應。

可能是華人文化所影響吧，媽媽的腦海裡或將「看書」跟「成就」劃上等號，而「成就」往往就是「你賺多少薪水，住的房子有多大」。可也幸虧她有這樣的堅持，我居然就慢慢沉迷閱讀了，而且對圖書館、書店之類有書的空間從不抗拒，閱讀漸漸成為了我日常生活的一部分。

長大後發現，原來公共圖書館的設計，很影響使用者的觀感，以及培養有質素讀者的潛力。藏書固然是重要的一環，但細節裝潢上，如燈光、桌椅多寡、室內油漆與裝潢色調、書架擺放所營造的動線，以及有否落地玻璃採納自然光線、書架之間可有適度留白讓讀者不會有太大壓迫感……而空間內的人和故事，又比上述種種更為重要。

二〇一九年初，人文圖書館「打書釘」（Nose in the Books）開幕。在銅鑼灣橫過崇光百貨前面一條車水馬龍的大馬路後，來到恩平道，拾級而上一棟唐樓的第四層，剛好就在已結業多年的文化書店「阿麥書房」的樓上。

「在一個城市裡，有兩種截然不同的生活節奏。這個單位便是混雜於鬧市中的一處寧靜空間，甚具香港特色。」打書釘主理人之一 Gavin 說。

二〇一六年，香港大學比較文學系助理教授司徒薇女士決定放下教鞭，進入佛學院深造。她擁有大約一萬本人文研究書籍，當時一群學生覺得這批書應該讓大眾有機會閱讀，讓知識在社區承傳，於是學生們便合力為老師創立了這個圖書館。

現時打書釘的藏書由五名本地退休教授捐出，涵蓋性別、文化、城市、香港研究，也有文學、哲學、電影類選書等可供借閱，同時設有二手書和推薦書區讓讀者購買。訪客付三百元按金辦理閱讀卡，便可以在這裡自由閱讀。在疫情肆虐前，人們可以在開放時間內隨意上來看書，這裡也常常舉辦文化活動，像講座、電影放映及座談會等，曾邀請學者朱耀偉、獨立音樂人 Serrini 和編劇莊梅岩等到場分享。

以下是我和打書釘創辦成員、曾是司徒薇教授的學生 Gavin、小風，以及兩位圖書管理員 Hedy 和 Jollie 的對話。

＊＊＊

C：當時是怎麼覓得這個單位呢？

G：當時有四十箱、大概一萬本書吧，我們找過不同地方，有試過被騙，最後這批書要先寄存在朋友學校的倉庫內。最後幸好認識到這大廈的業主，以優惠價錢把單位租給我們。

C：打書釘現時藏書數量有多少呢？

G：現時大概有八千本吧，種類包括從門口那邊開始的性別研究、電影研究、宗教研究、中國研究、全球化研究，有香港文學、台灣文學，有翻譯書，也有城市研究。以不同區域陳列，讓大家容易找書，成立以來兩年都沒大變動。

C：這裡的裝潢設計，聽說是你們自己包辦的？

G：有一位建築師朋友義務幫忙，按我們的想法去設計及打造飲料區的桌椅。我們也刻意保留了單位以前的裝修痕跡〔這棟大廈樓齡大概六十多年〕，例如門口氣窗。館裡大部分書架、桌椅和電器都是捐贈品，有些是學院的朋友送來，有些是司徒薇教授的藏品，例如你坐著的這張椅子吧，還有 CD 唱片機、這個綠色花樽（他指向矮木書架上），另外你看那個灣仔「大丸」手寫小巴牌，是其中一個友好送給我們的。

C：現在這裡是如何營運呢？

G：主要靠捐款運作，打書釘是香港政府註冊慈善團體，不用繳稅，業主也提供租金優惠。兩位圖書管理員 Hedy 和 Jollie 會分別在平日和週末過來當值，也會有大學實習生來幫忙。

H：我之前在台灣住了三年，朋友圈子內看書的人很多，也常常逛獨立書店。二〇二〇年八月剛從台灣回來香港，這裡的核心成員便問我要不要試試當管

1 2 3 | 4 5 6

1／來到打書釘，感覺像置身於一個古典的書房中。

2／館內藏書涵蓋性別、文化、城市、香港研究，也有文學、哲學、電影類等選書，訪客付三百元按金辦理閱讀卡，便可以在開放時間內前來自由看書。

3／現時打書釘幾位主理成員：（左起）Jollie、Gavin（站）、Hedy、小風。

4／打書釘置身於繁囂的銅鑼灣社區之中。

5、6／館內保留了古色古香的裝潢陳設。

理員，我就說「好啊」，然後九月便開始工作。

J：大概從二〇一九年九月份開始，我在打書釘當義工，那時恰巧逢星期天來幫忙的實習生離職，所以我便來幫忙。當初我只是想可以在這裡看完所有書就非常好了。後來認識了核心成員，也有幫忙做活動宣傳牌、海報等等，而正式成爲圖書管理員是二〇二〇年七月。

〔二〇一九年，打書釘舉辦了超過五十場面對面的活動。只是到了二〇二〇年，疫症流行令大部分活動也得取消。〕

G：疫症比較嚴峻時，活動基本上全部停辦，書館關閉了一段比較長的時間，現在重新開放也需要預約到訪。疫情期間大家留在家裡可能比較悶，所以我們也有辦幾個網上活動。但老實說，網上活動很難處理，因爲這裡是唐樓，網絡訊號極不穩定，沒有「光纖入屋」〔透過光纖連接大廈機房和單位來提供網絡服務〕，週末街上人多時，網絡訊號便會變弱，嘉賓或成員在這裡對話時，畫面會中途卡住，參與者的體驗不是太好。

C：可以分享一個比較深刻的實體活動片段嗎？

G：有位導演拍了一部足球紀錄片，關於「傑志」（香港足球隊）一年參與比賽的經歷。他用自己的全部積蓄去拍這部片，像機票、器材費用等成本。他找了不同的空間希望讓更多人看到這部影片，我們便在這裡辦了一場放映會和映後座談會。

這個題材和我們平常的閱讀活動不一樣，但主題也是有關香港，關於香港足球的文化歷史，我很喜歡這個活動。後來我邀請了對相關話題熟悉的前輩過來分享，他講了很多本地的足球歷史，也提到銅鑼灣這個社區跟香港足球歷史有很緊密的關係，因爲香港大球場就在附近。

風：很多人可能會覺得運動和文化沒有甚麼關係，甚至是對立，我自己喜歡運動，覺得這個空間可以將這兩樣看似對立的東西放在一起討論，實在很難得。

近年來我們也嘗試舉辦新型活動，例如「真人圖

7 | 8

7／館內除了給來訪者借閱書籍外，這個空間也不時會舉辦多元題材活動，分享不同的話題，讓前來的人們可以互相討論、交流意見。

8／打書釘也協力推廣大學及其他組織的社區活動。

書館」，暫時是網上模式。眞人圖書館的理念是讓人們與平時不常遇到的人作一場對話，以此作起點來消除隔閡。「眞人」嘉賓主要是社會上比較少人討論的人士、行業，第一次我們請來一位跨性別人士，第二次請來一位女特技人，第三次請來一位海員。我們特意邀約來自不同界別、一般人未必會從他們聯想到社會文化的嘉賓，讓他們跟參與者來一場對話，人與人之間作溝通交流。沒想到網上活動反應熱烈，參與者提出了很多我平時也不會想到的提問，當中有談到關於分享者本身的故事，也談及跟社區相關的話題，嘉賓從中分享了很多有趣的經驗。

我們希望涉獵多元化議題，讓社區內的人有更緊密的交流。這裡是個很好的空間，希望打破別人聽到文學或人文學便立刻覺得很深奧、跟生活沒甚麼關係的想法，我們也有舉辦電影放映會或「再生筆記簿」工作坊等等的活動。

〔圖書管理員 Jollie 正好是再生筆記簿工作坊的負責導師，她本身修讀建築，對於空間使用有專業知

識和興趣，接下來她分享了一次在打書釘進行的「空間想像」體驗活動。〕

J：最初在打書釘做義工時，疫情還未來襲，有一次在夏至、也是父親節當天，我帶領參加者於晚間前來這裡，進行了一次「讀書夜」。我特別叮囑參加者不要說話，室內不開大燈，只開射燈，點上蠟燭，營造一種讀書氛圍。

「Night visit（夜訪）」形式的活動在很多地方也有，而我們位於唐樓第四層，沒有電梯，人們要使出爬三層樓梯的力氣上來，會帶著一種期待感。當他們到達這個空間時，特別是進來時要經過拱門，然後看到裡面是這麼一個「隱世」舒服的空間，會感覺像發現寶藏，進來後便可以看到他們想讀的書本，我覺得這是一次非常棒的旅程。

此外，之前有個活動，談「近東神話與《聖經創世記》」的比較，參加者的提問遠超我們的知識，讓我了解到前來的讀者，他們的興趣範疇可以很廣泛。

H：一個有關「香港工程及電話歷史」的講座令我印象深刻。很少有人會專門去研究香港的電訊發展，但其實電訊發展跟整個城市及當時人們的生活模式直接相關。講者馬冠堯先生跟我們分享，最初在香港只有十五個電話，由接線生小姐負責駁線，當時有些人會打電話去跟接線生小姐搭訕聊天，這些我們以爲是電視橋段，卻原來在歷史文獻上也有記載。

有些年輕人不知道「撥個輪」（六、七十年代常見的撥盤電話，打電話時用手指按進數字盤轉圈來撥出號碼）是甚麼意思，像 Jollie 也沒見過這種舊式電話。有些過去的事情、比較專門的知識，我們本來不知道，而通過這些活動我們便學到更多。

〔題外話：我突然想到，現在手機上的「打電話」按鍵還是用以前的「電話筒」圖案來呈現，其實二〇〇〇年後出生的年輕一代，會看懂那是甚麼嗎？〕

風：我們作爲主辦單位，也在分享嘉賓身上學到不少沒想過的知識。例如《港式臺派》這本書，不僅只是談（香港人在台灣的）吃喝玩樂，作者還從日常

9
10

9／拱門是單位原本的設計，打書釘在裝修時保留了下來。

10／室內空間光線柔和，來訪者可以坐下來「打書釘」一整天。

生活用語切入，例如爲甚麼廣東話會叫「公仔麵」，台灣人又怎麼看「速食麵」，又比較了香港和台灣的垃圾車和垃圾分類系統等等，分享了一些我們日常生活中比較少關注的事情。

C：聽起來你們辦的活動反應也很熱烈，參加者是甚麼年齡都有嗎？

風：這裡辦活動每次最多容納三十人，開幕那天有差不多七十人前來，不少人要站在門外。不同階層、年齡的參加者都有。我們希望透過多元活動吸引不同的人上來。例如花道示範，有一些年長的女性參加，她們平常可能不會來，而活動之後也有留下來看書。至於平日，每次有媒體報道後都會吸引更多人前來，也試過有人會拿著地圖前來，外國遊客也有。

C：打書釘與公共圖書館有甚麼分別呢？

風：最大的分別是我們有故事吧。公共圖書館本身是服務大衆，藏書分類仔細，但本身沒有故事性。我覺得這裡的書跟人們有 personal connection（連結個體）。我們想將司徒薇老師的知識傳承下去。她的教學方法很獨特，著重人與人之間的交流。她也很反對 mass production（量產），例如大學有些課每一堂有三百個學生，內容只傳授固定知識。反之，她很重視一對一和小組溝通。我們很想在打書釘重現這種感覺。在這個時代，很多人都覺得實體書的價值很低，但我們希望透過這個空間告訴大家實體書的功用，不只是觸摸得到，而且是大家看過同一本書、有著相關感興趣的議題，更可以面對面交流。

經營實體空間好像很反智，但跟公共和大學圖書館不一樣的是，我們希望提供一個人性化的空間。疫情期間，當大家失去了人與人之間的交流接觸，這更加提醒了人們 human touching（身體接觸）的重要。這是一個很難得、需要珍惜的空間。

H：到這裡來的人即使不認識，也可以互相對話，自然而然地便會聊起天來。我們之後還會辦「讀書組」，希望讓社會上不同的人，若對某個議題有興趣，可以作面對面的討論，從不同角度去辯論，不只大學生參與其中。

G：我也想補充一點，這裡有很多書在公共圖書館是不會找得到的，而大學圖書館可能會有藏書，但公眾卻不可以進入。

我們成立打書釘有幾個理念：

第一，宣揚一種閱讀的態度。理性、批判性的閱讀態度，例如館藏裡面有教授的筆記，都給保存下來。我們希望讀者可以 detailed-oriented（重視細節、仔細留神）地看書和身邊的事物，發現更多 hidden message（隱藏訊息）和 subtext（弦外之音）。

第二，想帶出知識承傳和人與人之間交流的重要性。比如一個人爲甚麼對某本書有特別的解讀，你看他的筆記便可以有回應，製造對話。

第三，是提供實體空間讓人眞實地交流。

C：閱讀對你們來說又有甚麼意義呢？覺得書的價值是甚麼呢？

H：我喜歡看紙本書多於電子書。我看中文書比較多，喜歡看直排，不喜歡橫排。電子書可以個人化，譬如每本書的字體、排列方式等等；如果你看一本實體書，可以看到書籍設計師的用心，如何將書本呈現。例如《尋花》〔Hedy 特地從家裡拿了這本書過來〕，作者（葉曉文）本身讀中文系，同時熱衷於畫畫和研究香港原生植物，這本書的裝幀很像手縫書，圓角設計，選用的紙張自然泛黃，配合作者的水墨畫呈現，這些紙本觸感，要買實體書才可以感受得到。

11

11／Hedy 推介的《尋花：香港原生植物手札》，作者葉曉文走遍香港山林，把山中遇到的本土生花草繪畫出來，記錄了植物的生長與特性。

G：現在的媒體以不同的媒介去推動閱讀，例如某電視劇集火紅，其原著小說也很多人去看；或者人們看了一部紀錄片，想了解更多而看相關書本。我自己則比較少去思考書本的價值，因爲對我來說，閱讀是很自然的事。小時候看過一本書叫《*To Kill A Mockingbird*》，關於某個角色從來都「不喜歡看書」，從來都沒有思考過這個問題，因爲對他來說，看書就像呼吸，我也有類似的感覺。

可能與個人成長經驗有關，我住的地方有點偏遠，搭車沒事情做便會看書。現在想想，閱讀的價值可能是避免太速讀的文化，慢慢去看字裡行間的意思。我第一本接觸的書大概是小學二年級時，媽媽在圖書館爲我借的書，還記得書名是《*Goosebumps - the beast from the east*》。

J：我覺得書本承載著很多回憶，例如會想起上一次看某一本書的時候是甚麼狀態，或者爲甚麼會看那本書，又或者拿甚麼東西來當書籤等等。我記得最初來這裡看書時，發現一本書裡面夾有一張電車票，是筲箕灣去灣仔的一號頭等車票。又試過一次我打開自己的舊書，發現一張綠色的十元紙幣（一九九二年最後發行），我會嘗試尋找自己的回憶，究竟爲甚麼會把它放進去？

**G**：我想起來，曾經試過用俄羅斯地鐵車票當書籤，而剛好有一次在看書時，旁邊有人跟我聊天，原來他是俄羅斯人，那張是他很熟悉的車票。

**風**：我呢，從小到大都看很多書，但沒有甚麼印象看了甚麼書。小時候拿很多閱讀獎項，看一百本、二百本書，做閱讀報告拿獎。很多時候家庭教育都是讓小朋友看書，愈多愈好。我父母都是理商人，爸爸教理科，我對文學的涉獵不太深入。而真正喜歡閱讀，是進了大學之後，因爲我自己對性別研究很感興趣，買了相關書籍，開始接觸更多。我也是由那時開始學習怎麼去閱讀，slow reading（慢讀），大學訓練也會教你怎麼去批判性地讀一份 reading〔由教授指定的閱讀材料〕，對內容怎麼去看清楚、看仔細。

我很「花心」，會同一時間看四到五本書，帶這麼多本書上街不太可行，所以我也有看電子書的習慣，但我喜歡的書一定要買一本實體書。我也喜歡買二手書，因爲較環保，也比較便宜，而且我也很喜歡看別人做的筆記或留在書本裡面的東西。

12／香港題材書籍及文學作品。

13／關於香港各社區的獨立出版及體驗地圖。

14／「你唯一必須知道的事情，就是圖書館的位置。」──愛恩斯坦

12 | 13
14

INFO

## 打書釘
## Nose in the Books

地址 | 香港銅鑼灣恩平道 54 號 3/F
開放時間 | 星期二至日 12:00~19:00
空間使用 | 書籍不外借，到訪者以 $300 元按金辦理閱讀卡，於館內自由打書釘。
預約到訪 | noseinthebookshk@gmail.com
fb | NoseInTheBooks
成立 | 2019 年

# 綠腳丫親子讀書會

## 童書研究所——為大人與孩子揀選優質繪本

// 綠脚丫不是書店，不會賣書，而是專門做童書相關研究、舉辦讀書會活動等等，也會外租場地給其他團體。//

**翻開一冊繪本，你會如何跟孩子（尤其是有特殊需要的孩子）一起共讀？坊間童書很多，師長應如何為不同的孩子需要而作出揀選？繪本看似很簡單，但又非常不簡單！你自問都讀懂了繪本嗎？本篇跟「綠腳丫親子讀書會」創辦人柯佳列 Kenny 訪談，了解他是如何在香港研究、揀選及推廣繪本。**

把有特殊學習需要如讀寫障礙、學習遲緩的小孩放在一班三十人的主流教室裡上課，看大家都在看的教科書，考大家都要考的公開考試，這並不叫「共融」。製作觸感繪本讓視障兒童摸到凸起的圖像，方便他們閱讀，這並不是「另類閱讀體驗」。我想這些只是最基本的「同理心」——站在他人的角度思考，了解對方的立場和需要。

對於孩子的成長，愈來愈多人談繪本，說繪本的好處，然而到底繪本有甚麼好？小孩應怎樣讀？老師、家長應怎樣用呢？這些都是眞正需要關注的事情。

「我們的城市很表面化，人人都說繪本很好，可以應用在不同地方，例如有特殊學習需要的學生，不過該怎樣做呢？卻沒甚麼人去關注。」「綠腳丫親子讀書會」創辦人柯佳列（Kenny）說。

綠腳丫親子讀書會於二〇一三年創立，其工作室「百好士多」位於新界屯門和天水圍之間、一條保存昔日味道的藍地大街上，這裡同時是一個繪本資料庫，收藏接近一萬冊繪本。

二〇二〇年八月，Kenny 在大埔一所由荒廢公立學校改建而成的「六鄉學習園地」裡，開始舉辦社區共融活動，專門服務特殊學習需要兒童、戒毒婦女、精神病康復者、長者等等，也與社工和教師緊密合作。

綠腳丫不是書店，不會賣書，而是專門做童書相關研究、舉辦讀書會活動等等，也會外租場地給其他團體。

以下是我和 Kenny 的對話。

***

C：可否舉個例子說明我們可以怎麼用繪本幫助有特殊學習需要的小孩呢？

K：繪本最大的價值在於圖像語言，舉視障小朋友爲例，他們怎樣閱讀繪本呢？很多現有的「點字繪本」也很老舊了。而像《月亮晚安》是外國某間大學的 project（企劃），讓視障小朋友可以摸凸起的圖像。我們也可以製造圖像遊戲讓小朋友玩。

C = 周家盈　K = Kenny

再來是，我們怎麼幫助有讀寫障礙的小朋友提升語文能力，或者幫助自閉症小朋友表達自己，是否有些書在這方面比較強呢？策略應該是怎樣呢？

針對讀寫障礙，我們要留意書裡面的字型大小、行距、字距、排版、語法。如對象是自閉症小朋友，描繪人物的畫面則應盡可讀到人臉表情，要強化表情，讓他們更容易去了解別人的感受。

智力有障礙的小朋友，會處理不了劇情性的故事和因果關係，但他們喜歡探索，喜歡操作性。很多學校給這些學生 iPad 便算，沒了解他們的需要。

我們會到特殊學校看圖書館放了甚麼書。很多圖書館原來一直沿用「杜威分類法」（以傳統的十個主要學科來作圖書分類：000 電腦、資訊及總類；100 哲學及心理學；200 宗教學；300 社會科學；400 語言學；500 科學；600 科技；700 藝術及娛樂；800 文學；900 歷史及地理學），選書程度、方向等等都不符合有特殊學習需要的學生，以致他們的閱讀興趣很低。

閱讀是一種權利，在香港一直沒有人認真去對待，坊間有很多讓大家去認識特殊學習需要孩子的書，但卻沒有太多真正打造給有特殊學習需要孩子的書。

**C：六鄉學習園地的主要工作是甚麼？**

**K：**六鄉是 SEN（特殊學習需要）繪本資源中心，主要推動 R&D（研究與發展），也蒐羅適合特殊學習需要小朋友閱讀和公眾教育的繪本。

我們現在有幾項主要工作：第一，是公眾教育；第二，是給 SEN 小朋友提供適合閱讀的繪本；第三，發展閱讀工具，例如 3D 輔助閱讀模板（將繪本裡的圖像變成立體凸起的模板，輔助視障兒童閱讀）。有些義工朋友家裡有 3D 打印機，我跟他們說，不如在閒置的時候捐出來用吧？有三十個朋友舉手支持。我們的角色是推動者，希望提供工具給學校，也鼓勵有需要的家長自己來這裡列印 3D 模板。

除此之外，六鄉也會做社工、教師、家長訓練，教導大家如何使用繪本來幫助小朋友學習，還有一些親子活動。

1
2 4
3

1／甫走進「六鄉學習園地：共融閱讀空間」，便看見牆壁滿滿地陳列推介繪本。這個空間主要透過繪本推行各種公眾教育，蒐羅適合特殊學習需要兒童的繪本，以及發展輔助閱讀工具。

2、3／為特殊學習需要兒童揀選的繪本及輔助閱讀板。

4／這本關於食物的繪本，適合有中度智力障礙的兒童，透過圖像刺激感官探索。

也打算發展一個種植區，進行讀書會，閱讀加上種植，對象來自基層、劏房、中產家庭混合在一起。我認爲家庭環境並不等於學識程度，重點是該怎麼令人們關心自己居住的社區呢？所以我想到舉辦「食農教育讀書會」，讓大家一起種植，也探討區內食物議題。

C：那麼也可以講解一下百好士多的工作嗎？

K：百好士多做大量研究，我們到學校觀察，看課室運作，看老師上課。我們幫學校檢視校內圖書館，重新幫他們選書，給他們意見。

現在那裡大概有七千冊繪本，學校老師會到那裡選書，因爲現在坊間的書店對學校來說並不是友善的選書環境。很多時候學校有一筆錢，看到市場上看來有甚麼書好便買，而到眞正在教室使用之時，才發現不合適。所以學校來找我們協助時，我會先問他們很多問題作了解，例如他們的主題是甚麼？關注甚麼？

問題是無論誰選書，都一定會有漏網之魚。於是現在我們的方法是用「錢」、用「量」去產生「質」。怎麼說呢？我們盡量將坊間所有繪本買回來，無論是好是壞，建立一個資料庫再作分析。我經常跟學校老師講，由我們來選書可代替他們「中伏」（踩中地雷）。

再來是到底該怎樣用一本書呢？怎樣才算是一本好書呢？教育工作者未必完全掌握繪本可以如何解讀，像幼兒園教師每天講故事，其實也不一定懂得怎麼運用一本書。我們提供訓練，例如繪本中看到麵包店的畫面時，（說書者）常常向孩子發問：「看見有多少種麵包呢？」，其實並不只是這樣，因爲當中有很多細微的圖像語言可以發現，譬如旁邊的煙囪是代表甚麼呢？

外國有很多研究，指出一個教室內應該擺放多少本書，甚麼種類與程度。但是在香港，一切都靠感覺，就是連坊間很多做繪本的都是靠感覺。我們在發展一個資料庫，每本繪本要檢視接近一千個項目，目標是將現有適合特殊需要小朋友的書選出來。因爲無辦法重新製造大量繪本，成本會很大，所以我們要將市場

5

5／「綠腳丫親子讀書會」創辦人 Kenny。

上適合的書抽選出來。

C：我本身是老師，所以你剛剛提到的繪本資料庫對我來說很感興趣，還有沒有一些有趣的研究可以分享呢？

K：我們有做內地與台灣翻譯的繪本比較，會看到很多兩者在意識形態和對兒童教育觀上的不同。例如內地出版的繪本絕少用「我是」開頭，像 Emma Lewis 的《*The Museum Of Me*》，內地翻譯成《奇奇妙妙博物館——給孩子的博物館啟蒙之書》，而台灣的翻譯則是《我的博物館》，而 Marta Altes 的《*I AM An Artist*》，內地翻譯爲《小小藝術家》，台灣則直接翻譯《我是藝術家》。內地繪本的文本也會出現很多「偉大的」字眼，同時比較知識性、實用性一點，台灣則著重對個體的尊重。

另一個例子，我問你吧，你喜歡「窗戶裡有童話」，還是「窗戶裡有笑臉」這一句呢？我問小朋友的話，他們都會選「窗戶裡有笑臉」，因爲有共鳴，對小朋友來說，「窗戶裡有笑臉」比較直白，反而「童話」

是一種意境，大人看才較有感覺。閱讀是有生機（生命力）的，文字以外的基礎會影響兒童對文字的解讀，背後全都有學理去解釋。而「窗戶裡有童話」是台灣用句，「窗戶裡有笑臉」是內地用句，所以其實並沒有說某個地方的出版品比較好。

〔那就是以客觀的手法去研究不同譯本的語言使用對小孩的學習影響。〕

K：好的繪本，重要的是使用了兒童的語言，也就是小孩會看得懂的詞彙和語法，帶有趣味。

再舉個例子，台灣文本裡寫「魚有魚骨，海盜有骷髏」，內地文本是「魚有魚骨頭，海盜有骷髏頭」，後者著重聲韻。文本翻譯其實是再度創作，當兩種翻譯並列一起，我們就可以發現怎樣閱讀一本書。對於小朋友來說，會喜歡有押韻的句子，讀起來會更開心。

我們現在進行這些兒童文學研究，然後創造第三個版本，就是將台灣、內地翻譯得好的句子抽出來，再加上自己的創作，綜合成爲教材。

〔當聊到不同地方的語言使用分別，我突然想起，之前某個暑假曾經去台灣當志工，那時候我深深感覺到自己的中文程度比台灣朋友差很多，包括詞彙數量與多元化度，遣詞造句、語法，還有意思表達的準繩度。Kenny正好分享了一個繪本閱讀的有趣現象，讓我思考近十年以來本地教育的矛盾。〕

在香港，大家都被文本帶著走，糾結於用口語還是書面語來講故事。

〔舉個例子，當看到句子「我是學生」，轉換成廣東話口語是「我係學生」，因爲香港人在日常生活中是用廣東話溝通，所以如果講故事的時候用書面語，便不是自然的日常對話。〕

可是我們一定選擇書面語，原因很簡單：培養語感。很多老師會用口語朗讀繪本，注重戲劇性表達，但愈強調戲劇性，變相破壞小孩語文能力的建立，因爲過分演繹，小朋友失去建立語感的機會。

其實可以朗讀文本時用書面語，而觀察故事內的

6
7

6／繪本推介書櫃。

7／綠腳丫曾跟廉政公署合作出版四本德育繪本。

圖像語言時便用口語來跟小朋友對話，問他們在圖畫裡看到甚麼。小朋友的語感應該從小開始培養，若閱讀時習慣了口語，突然要他們使用書面語便不喜歡，所以閱讀繪本是語文學習的訓練。

我們想找一個香港人的閱讀方式，例如「船有風帆」和「船上有風帆」兩句，後者用廣東話音節讀出來較具節奏性。又例如「媽媽是／手藝不凡的／廚師」這一句〔讀的時候強調把句子按詞性分組〕，朗讀聲韻、短句很重要，很多時寫作的時候感到有把聲音在腦袋中說話，這種訓練，是小朋友從小聽成年人朗讀開始的。

而字數少的書並不等於顯淺，很多繪本的意境本身很深奧，我們會重新建構繪本觀。使用繪本的第一步是講圖畫的故事，但圖畫的故事並不完整；第二步便是講文字的故事，但文字的故事也不完整，所以第三步是講故事時圖文並茂，這要看演繹者的內涵，你有多少功力，你關心甚麼，那本書便會呈現到哪個地步。

C：你從小便很愛閱讀嗎？可以分享你的個人故事嗎？

K：從小開始，閱讀便是我生活的一部分。我常常跟媽媽開玩笑，她以前罵我的兩樣東西，就是我賴以維生的工具。她都這樣說：「你整天看課外書不溫習；不做功課只是玩。」現在我的工作就是這兩件事情。我一直認爲，閱讀帶領社會進步，讓社會不要變壞，所以綠腳丫一直堅持長者、大人也要看書。

我還記得，第一次拿起課外書，是八歲的時候看《碧血劍》。成長在郊區，家裡只有連環圖書，沒甚麼課外書，我哥哥喜歡金庸，我便偷偷拿來看。我一直以書爲伍，中一開始便在炮台山一家雜書店做兼職，倪匡、簡而清（香港作家）等都有來逛書店。讀中學六年級時，我到商務印書館工作，負責採購書籍，都選些自己喜歡的書。後來進了「香港教育城」（一個教育資訊網站），開始做很多推動閱讀的工作。比方說跟出版社合作搞網上試讀、寫書評介紹、推出「閱讀壁報板」、「閱讀護照」、「閱讀約章」等等。

二十年前的某一天，我看著用戶報告，突然想，自己究竟在做甚麼呢？每天超過十二萬名小朋友用大概一小時來看我做的這些網站，而不是拿時間來看書。

後來我認識了台灣推動閱讀的朋友，交流愈來愈深入，慢慢就開始了現在的工作。

我常常說，今天的工作是爲我昔日的工作贖罪。當你開始做一件事，就會漸漸變得更擅長，也會遇到跟你想法相近的人一起走下去。

8
9

8／繪本作者在黑板上的即興創作。

9／這些是「領養不棄養」讀書會參加者的感想作品。

INFO

## 綠腳丫親子讀書會

地址｜新界屯門藍地大街 129 號百好繪本士多
活動資訊｜www.hkexperiencing.net
fb｜hapischoo
成立｜2013 年

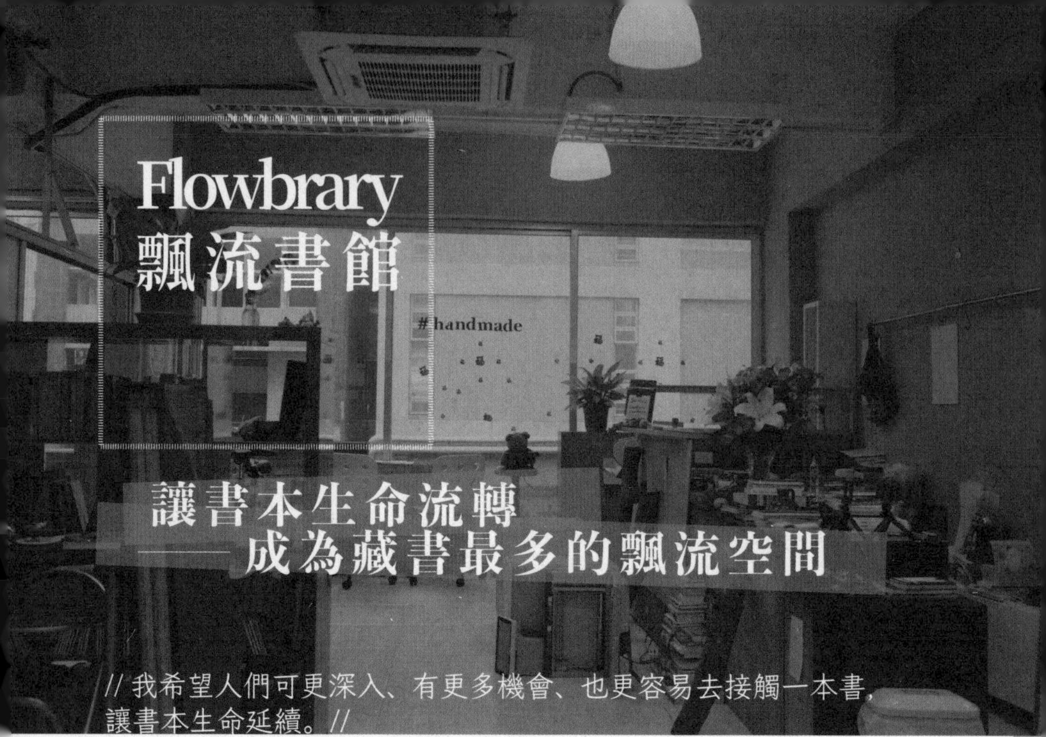


# Flowbrary
# 飄流書館

## 讓書本生命流轉
## ——成為藏書最多的飄流空間

// 我希望人們可更深入、有更多機會、也更容易去接觸一本書，讓書本生命延續。//

**「我希望從日常的經營中，賦予一種生氣，生生不息的意念，並非只有買賣。希望來的人感受被書包圍的感覺，在書架上找到各種可能性……」在《書店日常》的訪談中，二手英文書店 Flow Bookshop 創辦人樹單（Surdham）如是說。經歷過書店開業、結業又復業，他心中熱情不減，更成立了一個「飄流空間」，推廣理想中的「飄書」概念。**

Flow Bookshop 是家二手英文書店，於一九九七年在中環開業。我的第一本書《書店日常——香港獨立書店在地行旅》收錄了關於這家書店以及其創辦人樹單（Surdham）的故事。

香港專賣英文書的獨立書店不多，而 Flow 經營了二十多年，位置在港島區比較多外國人居住的上環區，累積了不少忠實客人。

至二〇一七年五月，書店卻因資金周轉不靈而結業，Surdham 遂於網絡上籌集資金。同年十一月，他與好友 Lily 協作，於上環皇后大道中一棟唐樓再以「Flow Books + Lily Bookshop」的形式合併開業。

到了二〇二〇年六月，Surdham 在九龍荔枝角一幢工廈內租下一個約二千呎的空間，命名爲「Flowbrary」，中文名字是「飄流書館」。

這裡不賣書，形式是預約參觀。

以下是我跟 Surdham 的對話。

＊＊＊

C：爲甚麼會成立 Flowbrary 呢？

S：我一直也希望有個大一點的地方，讓逛書店這件事情從很匆忙變得很悠閒。大型書店就算佔地幾萬呎，空間卻被分割開來，cafe、精品店、書架都是分開的。而我希望整個空間融爲一體，人們不要只爲了買書而來這個地方。我希望人們進來後心情可以轉換成閱讀模式。

「這個綜合空間的概念很有趣——「讓人進入閱讀模式」，讓我想起一件事情：包括我自己在內，很多人下班後或者一有空檔時間，便習慣性地滑手機或者看影片。最開始我們在閒著發慌時，會拿出手機來滑，然後幾次下來，大腦會將「滑手機」跟「放鬆心情」劃成等號，於是，以後每當接收到「我現在有一點空，但又不想工作」類似的環境訊號時，就會提示我們去滑手機，這是大腦學習我們的行爲，最後「滑手機」就「不知不覺」成爲了「習慣」。」

C：Flow Bookshop 一直有句口號：「在買買賣賣之間，我們流動。」記得你說過，書籍買賣並不



C＝周家盈 S＝Surdham

是整家店的存在意義，Flow 所重視的人與人之間的交流。

S：Flow 以往的實體店，賣書之外，也推廣「漂流書」，不過一般人把書本漂出去後，那本書往往便不知去向了，有沒有繼續轉讓給下一人呢？我認爲，「漂書」的涵義在於人們的後續聯繫和產生的交流活動，所以我改寫成「飄」書。「飄飄然」的「飄」字代表於更廣闊的空氣之中，更輕鬆自在的感覺，去得更遠，更輕易的想做就去做，想大家有更飄逸隨心的感覺。希望每一個獨立的「飄流書館館長」，除了進行基本的飄書行動，還能衍生更多價值（透過後續活動作交流）。

我覺得這是平時「漂書」所做不到的。香港其實有不同團體多年來嘗試漂書，但很多時候都只是將書送出去，而不是「飄書」，我所希望的是書本不止於只有一次的漂流機會。

C：可以分享 Flowbrary 這個空間平台的理念？

S：我曾跟好朋友討論如何將飄書的理念融入衆人的生命中。這次開設 Flowbrary，沒有按以前的書店般有固定的開放時間，而是預約參觀。書館的運作主要由活動，也就是人與人的溝通交流而構成。例如疫情期間，邀約了本地的 KOL（Key Opinion Leader）來 Flowbrary 主持直播讀書會，這是「KOL 書館」；邀請讀者來當一日店長；舉辦網上「飄流書展」等。

此外，我也有跟母校協和書院聯絡，成立「飄流圖書館」。「飄流圖書館」可以有世界上最大的藏書量，因爲只要你手上拿著的一本書有閱讀的價值，便有飄流的意義。人們可以很容易獲得一本書，放下一本書，再拿起一本書。

我們的生活中有太多主流壟斷的社交平台，人們應更善用便利的通訊科技，去建立、投入眞正有益於自己的社交平台、活動、人與人之間的聯繫。如何將

| | |
|---|---|
| 1 | 2 |
| 3 | 4 |

1／FlowBrary 供預約到訪，這個空間主要是由活動，也就是人與人的溝通交流而構成。

2／樹單說，FlowBrary 將「飄流書」的概念正式作推廣，利用這個地方作為平台，帶動新事情發生，是個里程碑。

3／樹單提倡慢生活，細意閱讀，適時放空。

4／樹單經營書店多年，健談、愛分享，與不少客人建立情誼，這次特意前來拜訪，他與我在字畫前合照。

正面想法帶入社會，這是我每天也想做的事。

其實我一直都不是開書店，我是假裝藝術家，而書店是我的藝術品。每個人看一件藝術品，都可以看到不同的東西，最重要那是甚麼樣的藝術品呢？十年、甚至幾百年後，因爲藝術品裡面的內涵與人心所產生的共鳴，會令原本不喜歡藝術的人也會去欣賞藝術，這便是我的最終目的。

Flowbrary 的使命是「知書命，行閱道」。

「書命」是一本書有其命運，而「閱道」是指閱讀的大道、道理，知行合一。

我希望人們可更深入、有更多機會、也更容易去接觸一本書，讓書本生命延續，「行閱道」也就是在閱讀中明白人生的道理。

INFO

**Flowbrary**
**飄流書館**

地址 | 九龍荔枝角青山道 646-648 號豐華工業大廈 1 樓 B 座
〔預約到訪：92785664〕
fb | flowbookscpl
成立 | 2020 年 6 月

Appendix

# 附錄

香港在地獨立書店一覽

我城的閱讀地圖

## 港島

1・Hiding Place 舍下｜書店、文化、空間｜西環寶德街 27 號
週二至五及日 13:00-19:00 & 週六 13:00-17:00 ｜ IG：hidingplace.hk

2・精神書局｜中文二手書店｜西營盤德輔道西 408 號
週一至日 11:00-21:00 ｜ FB：spiritbookstoresaiwan

3・Books & Co. ｜中英文二手書、咖啡｜半山柏道 10 號
週一至日 11:00-19:00 ｜ FB：BooksAndCo

4・見山書店｜藝文、哲學、店主精選新書及二手書｜上環太平山街 6 號 C 鋪
週一至五 11:00-18:00 & 週六及日 12:00-6:30 ｜ IG：mountzerobooks

5・蜂鳥書屋｜自家出版、本地獨立出版及文創精品｜中環鴨巴甸街 35 號 PMQ H307 室
週一至日 12:00-19:00 ｜ FB：humming.publishing

6・reBooked HK ｜英文兒童圖書｜中環美輪街 9 號 1 樓
週一至日 12:00-18:00 ｜ IG：rebooked_hk

7・新又新文教社｜文、史、哲二手書店｜中環德己立街 18 號業豐大廈 608 室
週一至五 13:00-18:00 ｜ IG：cinc_bookstore

8・Flow Bookshop ｜英文二手書｜中環皇后大道中 189 號至 205 號啟豐大廈 1 樓 F&G
週一至六 12:00-19:30 & 週日 12:00-19:00 ｜ FB：flowbooksnet

9・Lily Bookshop ｜英文二手書｜中環皇后大道中 189 號至 205 號啟豐大廈 1 樓 F&G
週一至六 12:00-19:30 & 週日 12:00-19:00 ｜ FB：Lily-Bookshop- 莉莉書屋

10・Parentheses Librairie Française ｜法文新書｜中環威靈頓街 14 號威靈頓公爵大廈 2 樓
週一至五 10:00-18:30 & 週六 9:30-17:30 ｜ FB：parentheseslibrairie

11・Seeds ｜兒童圖書｜中環租庇利街 1 號喜訊大廈 20 樓 1 室
週一至五 10:30-19:00 & 週六 10:30-16:00 ｜ FB：seedshk

12・Librairie Indosiam-Indosiam ｜遠東古本珍籍｜中環荷李活道 89 號 1 樓 A 室
週一至六 13:00-19:00 ｜ FB：indosiamrarebooks

13・大業藝術書店｜東方藝術書店｜中環士丹利街 34-38 號金禾大廈 3 樓 02 室
週一至日 11:30-21:00 ｜ FB：taiyipbook

14・香港上海印書館｜玄學術數書｜中環租庇利街 17-19 號順聯大廈 1 樓 103-106 室
週一至六 10:00-19:00

15・MOSSES ｜藝文書刊、自家出版物｜灣仔聖佛蘭士街 14 號（ODD ONE OUT 旁）
週二至六 12:00-19:30 & 週日 12:00-19:00 ｜ FB：mossesbook

16・森記書局｜台港新書｜灣仔軒尼詩道 210-214 號玉滿樓 1 樓
週一至六 11:00-21:00 & 週日 13:00-19:00 ｜ FB：灣仔 - 森記書局 - 書籍、模型

17・艺鵠 ACO ｜藝文圖書、獨立出版書刊｜灣仔軒尼詩道 365-367 號富德樓 14 樓
週二至日 12:00-19:00 ｜ FB：ArtandCultureOutreach

18・城邦書店｜中英文新書｜灣仔駱克道 193 號東超商業中心 1 樓
週一至日 10:00-20:00 ｜ FB：城邦書店 -227686927425954

19・天地圖書｜中英文新書｜灣仔莊士敦道 30 號地庫及一樓
週一至日 10:00-20:00 ｜ FB：cosmosbooks.hk

20・打書釘 Nose in the Books ｜閱讀空間｜香港銅鑼灣恩平道 54 號 3/F
週二至日 12:00~19:00 ｜ FB：NoseInTheBooks

21・銅鑼灣樂文書店｜台港中文新書｜銅鑼灣駱克道 506 號 2 樓
週一至四及週日 11:00-22:00 & 週五至六 11:00-23:00 ｜ FB：樂文書店 - 銅鑼灣

22・Fun to Read Book Outlet ｜兒童圖書｜銅鑼灣軒尼詩道 489 號銅鑼灣廣場一期 22 樓 2204 室
週二至五 11:00-19:00 & 週六至日 11:00-18:30pm ｜ FB：funtoreadbookoutlet

23・Vhite Store 伯店｜二手書店｜炮台山富利來商場 1 樓 27 號舖
週一至日 12:00-20:00 ｜ IG: vhitestore

24・足跡書房｜閱讀空間｜炮台山富利來商場 29 號舖
週一至日 11:00 -19:00 ｜ IG：traces_of_books_

25・森記圖書公司｜台港圖書、貓貓伴讀｜北角英皇道 193 號英皇中心地庫 19 號
週一至六 13:00-22:00 & 週日 15:00-22:00 ｜ FB：samkeebookco

26・青年書局｜南懷謹老師著作、佛學｜北角渣華道 82 號 2 樓
週一至日 10:00-19:00 ｜ FB：青年書局

27・神州舊書文玩有限公司｜二手書、古籍｜柴灣利眾街 40 號富誠工業大廈 A 座 23 樓 A2 室
週一至六 9:30-17:00

28・義守書社｜探討生與死題材｜柴灣泰民街 11-15 號樂翠臺商場 D3 舖
週一至日 12:00-20:00（週二休息）｜ FB：staywithinbookspacehongkong

## 九龍

29・博勢力｜自助無人書店｜尖沙咀漆咸道南首都廣場 2 樓
週一至日 11:00-23:00 ｜ FB：myblogs.asia

30・kubrick ｜藝文史哲書誌、獨立出版、咖啡餐飲｜油麻地眾坊街 3 號駿發花園 H2 地舖
週一至日 11:30-22:00 ｜ FB：hkkubrick2001

31・貳叁書房｜藝文史哲書誌、音樂、咖啡｜油麻地彌敦道譽發商業大廈 1202 室 & 荔枝角香港工業中心 B 座 715 室｜週一至五 10:00-21:00 & 週六至日 12:00-21:00 ｜ IG：jisaam.books

32・塔冷通心靈書舍｜信仰、心靈等書籍｜油麻地窩打老道 20 號金輝大廈 106 室
週一至五 11:00-20:00 & 週六 11:00-18:00 & 週日 13:30-18:00 ｜ FB：talentum.livingfaith

33・Muse Art & Books ｜藝文、綠色生活、社區專題選書｜油麻地志和街 1 號登臺酒店地庫
週一至日 12:00-24:00 ｜ FB：Muse-Art-Books

34・突破書廊｜生活文化、心靈書種、創意產品、咖啡｜佐敦吳松街 191 號地舖
週一、三至六 11:00–20:00 & 週二、日及公眾假期 12:30-20:00|FB：btgallery

35・Hong Kong Book Era ｜港台出版、日本及外國文學｜太子道西 162 號華邦商業中心 1102 室
週一至四 14:00-20:00 & 週五 14:00–21:00 & 週六日及公眾假期 12:00-20:00 ｜ FB：hkbookera

36・新亞圖書中心｜中文二手書、古籍｜旺角西洋菜南街 5 號好望角大廈 1606 室
週一至日 12:00-20:00 ｜ FB：sunahbookcentre

37・言志區｜書店、媒體｜西洋菜南街 44 號唐 4 樓
週五至日 16:00-20:00 ｜ FB ：hkfeature.territory

38・田園書屋｜台港中文新書 | 旺角西洋菜街 56 號 2 樓
週一至日 10:30-22:00 ｜ FB：greenfieldbookstore

39・榆林書店｜台港中文新書｜旺角西洋菜南街 59 號 3 樓
週一至日 11:00-22:00 ｜ FB：elmbook.bookshop

40・開益書店｜台港中文新書｜旺角西洋菜南街 61 號 1 樓
週一至日 11:00-23:00 ｜ FB：brbook

41・樂文書店（旺角）｜台港中文新書｜旺角西洋菜街 62 號 3 樓
週一至日 11:00-21:30 ｜ FB：LuckWinBookStore

42・梅馨書舍｜中文二手書、古籍｜旺角西洋菜南街 66 號 7 樓
週一至六 12:00-21:00 & 週日 14:00-21:00 ｜ FB：梅馨書舍

43・序言書室｜文史哲台港新書、二手書｜旺角西洋菜南街 68 號 7 樓
週一至日 13:00-23:00 ｜ FB：hkreaders

44・基道書樓｜社會議題、心靈勵志、基督教書刊｜旺角弼街 56 號基督教大樓 10 樓
週一至六 10:00-21:00 & 週日及公眾假期 12:00-19:00 ｜ FB：LogosBookHouse

45・山道文化｜書本、出版｜旺角煙廠街 9 號興發商業大廈 22 樓 02 室
到訪前預約｜ FB：hillwaypress

46・一拳書館｜新書及二手書、社區教室｜深水埗大南街 169-171 號大南商業大廈 3 樓
週一至日 12:00-21:00 ｜ FB：bookpunch

47・哲佛書舍｜佛學書籍｜深水埗白楊街 30 號地下
週一至日 10:00-19:00 ｜ FB：Buddhist.Philosophy.Bookshop

48・日本書蟲｜漫畫雜誌店｜深水埗基隆街 166A
週一至週日 13:00-18:30 & 週四 14:00-18:30 ｜ IG： japanbookworm

49・Booska 古本屋｜影藝、文學、漫畫、二手書店｜深水埗基隆街 190 號龍祥大廈 1 樓 E 室
週二至六 15:00 - 20:00 ｜ FB：honkazbookstore

50・Flowbrary 飄流書館｜閱讀空間｜荔枝角青山道 646-648 號豐華工業大廈 1 樓 B 座
預約到訪：92785664 ｜ FB：flowbookscpl

51・我的書房｜中文二手書｜太子荔枝角道 79 號寶豐大樓地下
週一至日 13:00-21:30 ｜ FB：mybookroom

52・URBAN SPACE 都市空間 | 韓國書籍、店主精選圖書、餐飲｜土瓜灣美景街 45 號地下
週一至六 12:00-22:00 & 週日 14:00-22:0 ｜ FB：urbanspace.hk

53・開懷舊書店｜無障礙設施、二手書｜黃大仙下邨龍裕樓地下九龍東傷健中心內
週六 10:00-20:00 ｜ FB：freecity.bookshop

54・讀書人書店｜兒童故事、繪本｜九龍灣宏通街一號啟福工業中心一樓 8 室
週一至五 10:00-18:00 & 週六 10:00-16:00 ｜ FB：readersbookshophk

55・夕拾 x 閒社｜書店、共享空間｜觀塘駿業街 60 號駿運工業大廈 14A
週一至日 12:30-21:00 ｜ IG：mellowoutzzzz

56・紙本分格｜漫畫圖書、自家出版｜觀塘敬業街 65-67 號敬運工業大廈 11 樓 A 室
週三至日 15:00-21:00 ｜ FB：zbfghk

57・香港繪本館｜兒童故事、繪本｜觀塘成業街 6 號泓富廣場 22 樓 01 室
週二至六 11:00-19:00 & 週日 12:00-18:00 ｜ FB：PromisingBookshop

58・Kadey Jadey 繪本童樂｜兒童故事、繪本｜觀塘海濱道 90 號海濱花園發現號 02 位置
週三至日 12:00-18:00 ｜ FB：KadeyJadeyBook

59・童書館 My Storybook ｜兒童圖書及親子教養｜觀塘道 384 號官塘工業中心第三期 7 樓 F2 室
週一、二、六 12:00-18:00 & 週三、四 12:00-16:00 ｜ FB：mystorybook1105

60・七份一書店@東南樓｜七位店長共同營運的獨立書店｜油麻地砵蘭街 68 號東南樓藝術酒店 22 樓
週日至四 12:00-20:00 & 週五至六 12:00-22:00 ｜ IG：1.7book.tnl ( 期間限定店至 2022 年 2 月)

61・七份一書店@大南街｜七位店長共同營運的獨立書店｜深水埗大南街 205 號閣樓
週一至五 12:00-21:00 & 週六、日 11:00-21:00 ｜ IG：1.7book.tnsl ( 期間限定店至 2022 年 2 月)

## 離島 / 新界

62・滯書窩｜靜聽海聲小書店｜大嶼山梅窩（梅窩碼頭步行約 15-20 分鐘）
週五、六 12:15-20:15（預約到訪 book@stillbooknest.com）｜ FB：stillbooknest

63・渡日書店｜書、繪本、生活雜貨、活動｜長洲北社街 68 號地下
IG：to_day_bookstore

64・島民書店｜書、生活選物、活動、咖啡｜坪洲永興街 38C G/F
週五至一 13:00-18:00 ｜ IG：islanders.space

65・神話書店｜歷史、文學、社科類書籍｜西貢大街 17 號地下
週一至日 15:00-19:30 ｜ IG：dionysus_books

66・一瓢書店｜只賣一本書、以展覽導讀書本｜荃灣沙咀道遊樂場 11 號達貿中心 3 樓 305 室
週一至日 12:00-22:00 ｜ IG ：jat1piu4.books

67・Book B ｜獨立出版、藝文圖書、咖啡｜荃灣白田壩街 45 號 The Mills 南豐紗廠 1 樓樓 111 號店
週一至日 11:00-19:00 ｜ FB：bookbhk

68・德慧文化 Life Reading 繪本館｜兒童故事、繪本｜荃灣南豐中心 19 樓 08 室
週二至六 10:30-19:30、週日休息｜ FB：LifeReading.vwlink

69・偏見書房｜二手書｜葵涌健康街飛亞工業大厦十五樓十六室
週六 13:00-17:00 ｜ FB：prejudicebookstore

70・解憂舊書店｜中英文舊書、漂書｜大埔寶湖道街市 F021 號舖
週一至日 11:30-20:00 ｜ FB：thebookcure.hk

71・隔籬書舍｜二手書店｜粉嶺一鳴路 18 號華心商場地下 R38 號舖
週一至日 10:00-23:00 ｜ Twitter：neighbourbooks

72・綠腳丫親子讀書會｜閱讀空間、推廣及研究兒童繪本｜屯門藍地大街 129 號百好繪本士多
FB：hapischoo

73・虎地書室｜二手書、生活雜貨｜屯門嶺南大學新教學大樓地下（UG16）
週一至五 14:00-21:00 ｜ FB：futeibookstore

74・樂活書緣｜二手書｜屯門置樂花園 39 號舖地下
週一至日 12:00-20:00 ｜ FB：lohasbooksfamily

75・迴響 Homecoming ｜自家出版粵文學雜誌｜元朗錦田公路 4A ( 錦上路 B 出口步行約 6 分鐘 )
週一至日 12:00-19:00 ｜ FB：homecoming.kamtin

76・比比書屋｜店主自選書、咖啡｜元朗錦田大江埔村錦田公路 67 號
週五 14:00-22:00 & 週六 10:00-18:00 ｜ FB：beibeibookhouse2016

77・書少少｜訂書、借閱｜元朗區
到訪前請預約｜ FB：littlelittlebooks

書店有時，份外珍惜。

二〇一六年初及二〇一八年初，《書店日常》、《書店現場》先後出版，共收錄了作者周家盈走訪香港二十多家獨立書店、跟書店主理人訪談的紀實故事。

幾年之間，惋惜的是書中提及到的一些書店相繼結業（如發條貓、我的書房、悠閒書坊、有為繪本館、生活書社等）。幸而，這片地方還仍有不少愛書本、愛閱讀的推手，無視難阻，以他們所相信的方式、理念，開設他們心目中的理想書店，也造就了家盈第三部書店訪談集《書店有時》的出版。

《書店有時》記錄了十三家書店經營故事，大部分都是近一、兩年新開業；而在本書製作期間，欣喜的是，還陸續收到有新店開張的消息（如炮台山的 White Store 伯店、深水埗的日本書蟲、西貢的神話書店等），只是礙於紙本書的篇幅所限及出版截稿期而未可盡錄。

書店有時，城市有光。

每家獨立書店都有其特色與面貌，讓讀者從不同的選書看見不一樣的世界。我們都不可逆料，我城的書店經營能耐多久。而出版實體書的同時，我們也製作了一個〈我城的閱讀地圖〉google map，盡量搜列出全港獨立書店的所在位置，讓讀者參考，親身前往。有關各書店的搬遷、結業，又或新開設等資訊，我們會盡力於此 google map 上持續更新。

讓我們一起好好閱讀，一同繼續支持香港在地的書店及出版業。

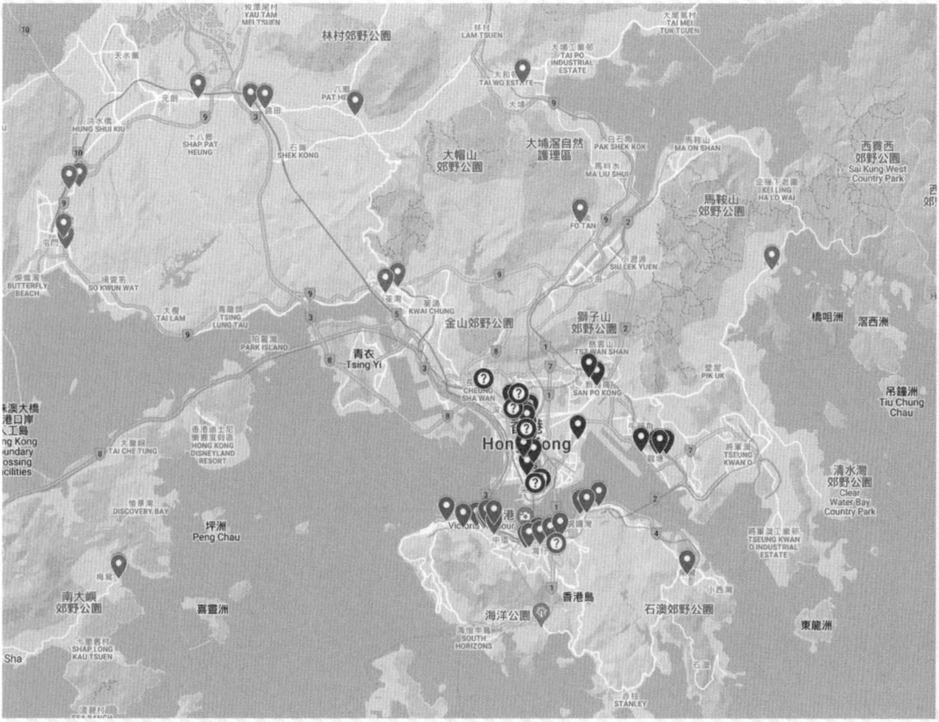


〈我城的閱讀地圖〉
http://bit.ly/hk_indiebookstores_map

# 書店有時

／社會變遷而萬物皆有定時，冀洪水滔滔中紀念書店爲人們帶來的美好。／

作　者 —— 周家盈
攝　影 —— 周家盈
編　輯 —— 阿丁 Ding
設　計 —— Mari Chiu、阿丁 Ding

出　版 —— 格子盒作室 gezi workstation
郵寄地址：香港中環皇后大道 70 號卡佛大廈 1104 室
網上書店：gezistore.ecwid.com
臉書： www.facebook.com/gezibooks
電郵： gezi.workstation@gmail.com

發　行 —— 一代匯集
聯絡地址：九龍旺角塘尾道 64 號龍駒企業大廈 10B&D 室
電話：2783-8102
傳眞：2396-0050

承　印 —— 美雅印刷製本有限公司

出版日期 —— 2021 年 7 月（初版）
2021 年 10 月（第二版）

I S B N —— 978-988-79670-7-1

未完的故事……
書店有時，願我們一起記錄時代！

社會變遷而萬物皆有定時，
冀洪水滔滔中紀念書店為人們帶來的美好。

關注書店日常、走進書店現場，
並念茲在茲——
珍重書店有時……

邀請大家一起分享關於書店的故事、感想！

http://bit.ly/my_bookstore_story